国家出版基金项目
NATIONAL PUBLICATION FOUNDATION

★ 科学的天街丛书

星空震灵魂

丛书主编/陈 梅　陈仁政

本书编著/郭汉卿

——科学道德故事

四川科学技术出版社

图书在版编目（CIP）数据

星空震灵魂：科学道德故事 / 郭汉卿编著. -- 成都：
四川科学技术出版社, 2019.1（2024.12重印）

（科学的天街 / 陈梅 陈仁政主编）

ISBN 978-7-5364-9357-5

Ⅰ.①星… Ⅱ.①郭… Ⅲ.①科学故事 – 作品集 – 中国 – 当代 Ⅳ.①I247.81

中国版本图书馆CIP数据核字（2019）第018928号

星空震灵魂——科学道德故事

XINGKONG ZHEN LINGHUN——KEXUE DAODE GUSHI

丛书主编	陈 梅 陈仁政
本书编著	郭汉卿
出 品 人	程佳月
选题策划	肖 伊 陈敦和 郑 尧
责任编辑	王 娇
营销策划	程东宇 李 卫
封面设计	小月艺工坊
责任出版	欧晓春
出版发行	四川科学技术出版社
成品尺寸	160mm×240mm
印 张	14.75 字数 200 千
印 刷	天津旭丰源印刷有限公司
版 次	2019年1月第1版
印 次	2024年12月第4次印刷
定 价	49.80元

ISBN 978-7-5364-9357-5

邮购：成都市锦江区三色路238号新华之星A座25层 邮政编码：610023
电话：028-86361770

目 录

欧拉撒谎为哪般

——让后生的论文先发表

知道了你的名字

却不知道你的面容

···········

何必想

你是否柔情似水

何必想

你是否伟岸如松

只要 情也洁白

只要 诗也透明

欧拉

借用中国诗人汪国真（1956—2015）的这首《南方来信》，来描写18世纪欧洲两位数学大家的高尚、纯洁的友谊，虽然"未若柳絮因风起"，但也是"撒盐空中差可拟"的。

瑞士人欧拉（1707—1783），是与阿基米德（公元前287—前212）、牛顿（1643—1727）、高斯（1777—1855）齐名的"四大数学家"。他为人谦虚，待人平等，而且十分重视培养人才，奖掖后生，欢迎青年人超过自己。下面感人至深的故事，就是其中一个例子。

出生在意大利的法国数学家拉格朗日（1736—1813）久仰欧拉的大名，但无缘结识。他18岁那年，终于鼓足勇气，给欧拉写了一封信。信的主要内容是：他独立得到的、以为是"新发现"的一个高阶导数公式。没想到，过了不久，欧拉就回了信。当拉格朗日得知他的"新发现"在半个世纪以前就已经被德国数学家莱布尼茨（1646—1716）发现了的时候，懊悔不已，生怕落个"剽窃"的恶名。不过，这件事也证明了他的才能，鼓起了他从事数学研究的勇气。

拉格朗日从此就和欧拉通信了，他们讨论的是"等周问题"。这个问题是导致数学中的"变分法"产生的问题之一。

欧拉对变分法已研究多年，并取得了许多成果，是变分法的奠基者之一。他的论文即将发表的时候，收到了19岁的拉格朗日的来信，信中有拉格朗日关于变分法的论文，对等周问题的解法比较新颖，欧拉十分赞赏。虽然拉格朗日的解法没有达到欧拉的深度，但为了鼓励拉格朗日成长，欧拉就谎称自己还没有解决这一问题，并回信鼓励他尽快先发表论文。

这样，年轻的拉格朗日的论文才得以先发表——"小荷"终于露出了"尖尖角"。接着，欧拉才发表了自己的论文。

"赠人玫瑰，手有余香。"这件事被其他人知道后，对欧拉大加赞赏，欧拉也更加闻名遐迩，更受人尊重。

最后的结果是，拉格朗日创立了变分法和分析力学体系。他在1788年出版的《分析力学》一书，成为自牛顿的《自然哲学的数学原理》以来100年里最重要的经典力学著作。

奇怪了！欧拉为什么要这样做呢？是欧拉想"付出"之后，得到拉格朗日"总有"的"回报"吗？不是。事实上，拉格朗日和欧拉这两位忘年之交，是"海内存知己，天涯若比邻"，一生都没有见过面！

桃金娘

晚年迁居美国的黎巴嫩大诗人、散文作家、画家纪伯伦（1883—1931）说："有些人的给予，既不知给予的痛苦，也不去寻求快乐，更不怀着立德之念。他们的给予就如远谷中的桃金娘，在旷野里吐露着芬芳。"

欧拉就是远谷中的这样一株桃金娘。

欧拉一生没有一句豪言壮语，他的墓碑也一样朴实无华，上面只有一行字："彼得堡科学院院士 列昂纳德·欧拉"。

后来，拉格朗日和拉普拉斯（1749—1827）、勒让德（1752—1833）成了法国"数学三杰"——被称为"三L"。有一件事情可以佐证拉格朗日在法国人心目中的地位：1789年法国资产阶级大革命以后，革命政府曾一度下令赶走所有的外国人，但拉格朗日除外；而这与欧拉的提携不无关系。

"小楼一夜听春雨。"晚年的欧拉完全失聪，当然没有这样的"福分"，更不会"深巷明朝卖杏花"，或者"骑马客京华"。这是他后天耳聋的遗憾，但这并不影响他勤奋钻研，最终以美德与众多科学成就成为"所有的人的老师"——虽然他并没有当过职业教师，但依然"滋兰树蕙满庭芳"。

换所长与让席位
——欧拉和巴罗这样让贤

拉格朗日

　　欧拉和拉格朗日是 18 世纪最伟大的两位数学家，他们虽然从未谋面，但却颇有"缘分"。

　　那他们的"缘分"从何而来呢？我们就从对两人的"隔行扫描"谈起吧。

　　拉格朗日出生在意大利都灵一个陆军会计官之家。由于富有的父亲在一次投机生意中惨败，从此一蹶不振，拉格朗日因此才没有"子承父业"成为富商，而是走上了数学之路。对此"塞翁失马"，拉格朗日晚年曾风趣地说："这是我一生最大的幸运，要不是我一无所有，我就不会搞数学了。"当拉格朗日 17 岁时偶然读到了英国科学家哈雷（1656—1742）的《论分析方法的优点》——一篇关于光学和数学的论文之后，就竭尽全力埋头学习和研究数学。接着，就陆续取得了惊人的成就。25 岁就成为欧洲公认的大数学家。

　　欧拉出生在瑞士巴塞尔城郊一个牧师之家，16 岁，在巴塞尔大学学习后就取得硕士学位，18 岁就发表论文。1727 年，经瑞士数学家丹尼尔·伯努利（1700—1782）的推荐，应俄国女皇（1725—1727在位）叶卡捷琳娜一世（1684—1727）之邀去了彼得堡科学院，担任丹尼尔·伯努利的助手。那时的俄国政治腐败，科学事业前景暗淡，欧拉壮志难酬。此时恰巧腓特烈二世即腓特烈大帝（1712—1786）新继任德国王位（1740—1786 在位），他重视科学文化事业的发展，1741 年就邀欧拉前往任职。于是欧拉西行柏林，任科学院的物理 - 数学所所长，一直到 1766 年。

叶卡捷琳娜一世

当时的德国，是一个崇敬科学和科学家的国家。鉴于拉格朗日的才干，1766 年欧拉让贤，并特别指定推荐，只有拉格朗日才有资格担任柏林科学院物理—数学所所长一职。法国数学家达朗贝尔（1717—1783）等也作了推荐。于是，骄傲的腓特烈二世立即写信给拉格朗日："欧洲最伟大的君主希望欧洲最伟大的数学家到他的宫廷中来。" 以此邀请拉格朗日就任所长一职。同年，拉格朗日如愿就任所长，并在柏林结了婚。欧拉，则应俄国新女皇（1762—1796 在位）叶卡捷琳娜二世（1729—1796）之邀，重返彼得堡科学院。

欧拉和拉格朗日虽然在柏林错过了见面的机会，以致一生都未能谋面，但"相知无远近，万里尚为邻"——他们的心是连在一起的。只有道德高尚的人之间，才会有这样纯洁的友谊。

拉格朗日在柏林的 20 年间，除了大量的数学研究工作，还完成了他的杰作《分析力学》，但书直到他离开柏林时的 1788 年才正式

叶卡捷琳娜二世

出版。1786 年，腓特烈二世去世，外籍科学家都受到冷遇。拉格朗日只好应法王路易十六之邀，于第二年到达巴黎，任科学院米制委员会主任，继续从事数学研究，他被法皇（1799—1815 在位）拿破仑（1769—1821）称为"数学科学高耸的金字塔"。

欧拉举荐拉格朗日，成为佳话；而巴罗让贤于牛顿（1643—1727），更是美谈。

在剑桥大学三一学院的北门口，种着一株据说是从牛顿家乡移来的苹果树——它是牛顿产生万有引力定律灵感那棵苹果树的后代。附近的牛顿雕像之北，还有一座永为世人景仰的雕像——牛顿的老师艾萨克·巴罗（1630—1677）。

英国剑桥大学三一学院的苹果树

巴罗并非平庸之辈。他遍游欧洲，被誉为当时的最佳的希腊学派学者，30 岁就担任剑桥大学语言学教授，两年后兼任几何学教授，1664 年获得剑桥第一任卢卡斯数学教授席位。这里提到的卢卡斯，全名亨利·卢卡斯（约 1610—1663），是一位曾就读于圣约翰大学与剑桥大学的英国牧师、政治家和慈善家。遵照他的遗嘱，从 1663 年 12 月（次年 1 月 18 日得到国王查理二世的核准）起，在剑桥大学设立了一种数学荣誉教授职位，每年有 100 英镑的额外津贴。巴罗还是微积分的奠基者，1672 年任三一学院院长，1675 年任剑桥大学校长。

在 1669 年，巴罗就认为牛顿在科学领域里一定会超过自己。就这样，在他 39 岁的时候，就把这一席位让给了牛顿——同年 10 月 29 日，牛顿获得这一席位。牛顿获得这一席位却有一点周折，因为卢卡斯的遗嘱要求，此席位的拥有者不得参与教会活动，而当时剑桥大学的教员有担任高等圣职的义务，牛顿信仰阿里乌教派，其教义与英国国教相抵触，就以卢卡斯的遗嘱为由拒绝圣职。其后，得到查理二世的特准，此后凡担任卢卡斯教授者皆有豁免权。

巴罗

巴罗让贤，体现了他的远见卓识——更宝贵的是他那震撼着众人灵魂的崇高美德。

"海边拾贝的孩子"
——牛顿谦虚的墓志铭

1727 年 3 月 30 日（儒略历 20 日）凌晨 1 点多，终身未婚的牛顿病逝于伦敦，他被安葬在威斯敏斯特大教堂中殿。这可不是以前的科学家能去的地方——牛顿是第一个以科学家的身份来到这块神圣墓地的人。

位于伦敦"威斯敏斯特区"的威斯敏斯特大教堂，又叫西敏寺大教堂，是英国伦敦新教圣公会的教堂。这座哥特式的建

威斯敏斯特大教堂

筑，其前身是本笃会修道院——相传由撒克逊第一个信奉基督教的国王塞培特于 616 年所建。10 世纪末，英王埃德加在这里建立教堂，1050 年英王爱德华予以扩建，后来曾多次改建和重建。英国历代帝王的加冕仪式都在这里举行。里面有许多君主（1760 年以前的历代英王和王后都葬在这里）、政治家、军人和诗人等的坟墓。

当时，法国著名哲学家伏尔泰（1694—1778）被迫离开法国，正在英国访问。他目睹了牛顿的葬礼，十分感叹牛顿所获得的殊荣。他说，如果我死后能与牛顿安葬在一起，这将是我的盖世殊荣。

牛顿临终之前，对将要写墓志铭的人说，他的墓碑上只刻一句话："艾萨克·牛顿，一个在海边拾贝壳的孩子。"

好个"在海边拾贝壳的孩子"！他拾得的"贝壳"既多又美丽——创立微积分，发现二项式定理；建立完整的经典力学体系，并

以微积分为工具，利用经典力学定律解决难以计数的实际问题……翻开任何一部百科全书，提到牛顿及其定律和发现的词条，都要比其他任何科学家多两三倍。

海边拾贝壳的孩子牛顿

人们觉得牛顿自撰的墓志铭还不过瘾，于是在4年以后的1731年，人们为他建造了一座雄伟的巴洛克式纪念碑。墓碑上刻着一段流传千古的墓志铭："这儿安睡着艾萨克·牛顿爵士。他以几乎神一般的思维力，最先说明了行星的运动和图像，彗星的轨道和大海的潮汐；他研究了各种不同的光线，以及由此产生的颜色的性质，而这些都是别人连想都没有想到的……死去的人应该庆贺自己，因为人类产生了这样伟大的装饰品；所有活着的人都为有他这样一位伟人而感到幸福。"

上述墓志铭中省略的一部分还有："对于历史、自然和圣经，他是一个勤奋、敏锐而忠实的诠释者。他用他的哲学证明了上帝的威严；他度过的是新教徒式的简朴的一生。"这主要是指牛顿在找不到群星运动的原始动力时，转而用生命的最后20多年研究神学，得出"上帝"是"第一推动力"的结论这段史实。由此可见，牛顿这"孩

1730年落成的牛顿纪念馆

子"在晚年也迷失了方向，在这方面的确还很幼稚——难免的幼稚。于是，"天之骄子"也无力回天，只好把这方面的研究留给"推前浪"的"后浪"。"孩子"的自称，正是体现了他的这种认识。

牛顿的墓前还刻有一句令世人梦寐以求的话："人们啊，这里曾经有人为人类的尊严而活过。"这，也许是对牛顿的更大的赞美。

不公裁判与"爱国主义"
——在争夺微积分发明权之时

微积分是谁发明的？在今人看来，这似乎是一个"弱智问题"——都知道是牛顿与莱布尼茨，但在历史上却并非如此。

牛顿

1699 年，瑞士数学家、天文学家、自然哲学家和发明家尼古拉斯·法蒂奥·德·丢里埃（1664—1753）在寄给英国皇家学会的一篇文章中，首先把微积分发明权的问题提了出来。他说牛顿最早发明了微积分，莱布尼茨（1646—1716）可能是剽窃，因此发明权应归牛顿。

接着，从 18 世纪初开始，英德之间就发生了著名微积分发明权之争。其后，争论越演越烈。牛顿原来想置身于局外，但争了几年之后，连英国国王（1714—1727 在位，还自封法国国王）乔治一世（1660—1727）都卷进来了，牛顿也被卷了进来。

本来，在谁是微积分发明者这个问题上，是不难通过调查、研究，查明客观事实，得出正确结论的。

但是，当莱布尼茨向英国皇家学会提出申诉，要求对此做出公正的裁决时，牛顿的态度却有失公正。

原来，牛顿利用他的会长（1703—1727 在任）地位，在 1712 年指使他的追随者们（主要由牛顿的朋友组成）组成了一个委员会，审查有关争论的文件，并写出有关争端的调查报告。当年匿名发表的这个报告，题为"Commercium Epistolicum"，主要内容是英国数学家威廉·琼斯（1675—1749）提供的英国数学家、皇家学会秘书约翰·科林斯（1625—1683）的论文和牛顿关于微积分的信件，最后由牛顿编辑、审核。这样，这个报告的结果自然不出意料：仅仅肯定了牛顿的优先权，反对莱布尼茨所指控的剽窃；对莱布尼茨的独创性，以及牛顿的重要弟子、捍卫者、"好

莱布尼茨

斗之士"——牛津大学萨维尔天文学教授、苏格兰物理学家、数学家约翰·凯尔（1671—1721），在英国《哲学学报》（*Philosophical Transactions*，全称《皇家学会哲学学报》——*Philosophical Transactions of the Royal Society*）上的指控的真实性不置一词；对莱布尼茨语气里含有敌意，污蔑他是一个剽窃者。这显然有失公正，有违科学道德。

牛顿致命的性格弱点之一，是他的与他才能有缘的野心，由此产生对批评神经过敏，对自己工作的独占欲，并由此丧失科学道德。

牛顿的这一举动似乎应该无关大局，因为这仅仅损害了他个人的形象和身心健康，而不可能改写莱布尼茨也是微积分发明者的事实。

由此却对莱布尼茨带来了如下巨大的伤害。他在争斗中落败，被看为微积分的剽窃者。聘他为顾问和图书馆馆长（从事历史编纂工

汉诺威选帝侯乔治·鲁德维格即英国国王乔治一世

作）的雇主——汉诺威（Hanover，德国城市）公爵（1698—1727 在位），也是选帝侯的乔治·鲁德维格在 1714 年成为如前述的乔治一世之后，莱布尼茨甚至在其工作多年的法庭失了宠。在他供职近 40 年的法院里，很少有人和他来往。他在生命后期更是郁郁寡欢，疾病缠身。

这位乔治一世有一个大笑话。因为他有语言障碍，所以不会说英语，也不想去

学。最终，他一直没有被他的臣民们认为是英国人，甚至他本人也很少意识到自己是他们的同胞、国君。于是，当时英国人感叹地问："此乃吾君也，何其声之不似我也？"

1714年，当莱布尼茨听到乔治一世出任英国国王的消息之后，不顾68岁的高龄于9月18日从外地回到汉诺威，但乔治一世在三天之前就前往英国了。当他请求在伦敦宫廷谋一个历史学家的职位时，也被乔治一世一口拒绝。于是，他忧心忡忡，健康也每况愈下。只有在1716年夏乔治一世访问汉诺威与他度假时，才给了他些许安慰……

1716年11月初，莱布尼茨因痛风和胆结石症引起腹绞痛卧床不起。一周后的14日，他在汉诺威去世。其后的葬礼，除了他的前任秘书，几乎无人参加。一位朋友在回忆录中写道，"莱布尼茨的丧事办得更像是埋葬强盗，而不是为这个国家的光辉人物送行"。莱布尼茨的传记作者约翰·西奥多·默茨则说："他死了，在他的祖国历史上最阴暗的时代，在充满欺骗、堕落的世界里悲凉地死了。"

不过，值得欣慰的是，后人充分肯定了莱布尼茨对数学与自然科学、哲学、语言学等众多领域的重大贡献。他在1669—1704年的信件、文件等，至今仍保存在波兰国家图书馆。1985年，德国政府创立了戈特弗里德·威廉·莱布尼茨奖（Gottfried Wilhelm Leibniz Prize）——在基础物理学领域的世界上奖金最高的科学成就奖：每年颁发给全世界范围内的在研究机构工作的个人或研究团队，实验结果奖金155万欧元，理论奖金77万欧元。2007年，联合国教科文组织把莱布尼茨的论文手稿，列入"世界遗产名录"……

1669—1704年的一份莱布尼茨的手稿

除了上述牛顿与莱布尼茨的遗憾，还有更遗憾的。牛顿的上述举动引来的另一个恶果却更是"了不得"：它使英国数学落后于欧洲大陆约 100 年！这又是怎么回事呢？

本来，牛、莱两人各自独立创立了微积分的基本事实存在，是可以达成诸如"共享发明权"这类共识而不致"不共戴天"的，因为两人的关系原本就不错；但糟糕的是，这出戏还有别人掺和——事实上，他俩之间的大部分仇怨，都来自于各自追随者的推波助澜。

牛顿的"别动队"队员之一是英国数学家华利斯（1616—1703）。他对牛顿说："您的发现，在 1695 年却被以莱布尼茨的微积分而赢得欢呼……您……不能眼睁睁地看着别人夺走属于您的（也是属于我们民族的）荣誉。"

你看，由于不少"第三者"的掺和，更加上"民族的荣誉"，这就不但"关系重大"，而且"覆水难收"了！

这样，不但牛顿和莱布尼茨之间、他们同时代的人之间为此争得你死我活，而且两人死后，各自的后继者之间也互不相让，直到 19 世纪初。因为这场争论，产生了一种宗派和"爱国"的观念，发展成为英国和德国（及欧洲大陆）之间的政治争吵。

英国人的"民族自尊心"是如此之强，以致在其后约 100 年时间里，英国数学家还拒绝采用莱布尼茨那一套先进的、基本上沿用至今的术语和符号，反而坚持采用牛顿那一套落后的术语和符号。这就严重地损害了英国数学的发展，阻碍了他们和其他国家数学家的交流。其根源是"爱国主义"即狭隘民族主义。

不但如此，这个"爱国主义"还使英国的自然科学的发展受到严重的阻碍；并使欧洲科学家分裂成为誓不两立的两派——"英国派"和"大陆派"，严重地阻碍了相互交流，进而阻碍了欧洲科学的发展。这一切的始作俑者，便是牛顿那不公正、不道德的态度，以及那些推波助澜的"第三者"和"爱国主义"观念太强的人。

那么，什么时候这种状况才有所改观呢？

巴贝奇

"解铃还须系铃人"。1816年，英国剑桥大学的数学家、哲学家、发明家巴贝奇（1792—1871）——当今电子计算机编程（当时他是对机械计算机编程）概念的一位先驱，提出用"d主义"对抗"点主义"（"d"是莱布尼茨最早采用而且运用至今的微积分符号，意思是"微分"；而牛顿则用一个小圆点表示微分），主张接受莱布尼茨的微积分符号体系。同年，他和他的同胞约翰·弗雷德里克·威廉·赫谢尔（1792—1871）、皮科克（1791—1858），把法国数学家拉克鲁瓦（1765—1843）的《分析教程》（又译《初等微积分》）译成英文出版，介绍到英国。这样，才使英国人从牛顿符号体系的桎梏下解放出来，开始正视现实，也为英国学生学习欧洲大陆的微积分做了有益的工作。此后，情况才开始有所好转。

如果牛顿少一些性格上的缺陷，英国人少一些"爱国主义"，也许这段两败俱伤、使世人警醒的历史将被重写，数学以至整个科学成就也许会比现在更加辉煌。这一教训我们不但可以推广到科学研究的各个领域，还可推广到人类活动的任何领域。同时，只有实行"改革、开放"、不闭关自守、不夜郎自大的民族，才能站在科技前列，屹立于世界民族之林。

对于上述所谓的"爱国主义"，我们用另一位英国人——英伦三岛家喻户晓的文学大师、传记作家詹姆斯·鲍斯威尔（1740—1795）那惊世骇俗的警句来评论："爱国主义是流氓的最后庇护所。"（Patriotism is the last refuge of a scoundrel）这位鲍斯威尔是另一位比他更"牛"的、同时代的英国人——塞

鲍斯威尔

缪尔·约翰森（1709—1784）的好朋友，他俩的交往长达21年。为什么说更"牛"呢？原来，约翰森"可能是这个世界上唯一凭一己之力（几个助手复写了一些文书除外）创造了一部伟大字典的人"。他用了9年（从1747年到1755年）独立编写写出了英语史上第一部广为流传的《英语大字典》（A *Dictionary of the English Language*，常

约翰森

称《约翰逊字典》）。这部"圣殿级字典"的内容，在后来诸多学者合著的《牛津英文字典》等出现之前的近200年中，史无前例。要知道，法国人请了40位顶尖学者花了40多年时间才写成了一本《法文字典》。稳居英国300年间最受欢迎的文人宝座之首从未动摇的约翰森，被实至名归地称为英国的"国宝"，无疑更"牛"。

异国"红颜"救"知己"
——阿氏悲剧没有重演

一个年轻的女"骗子","骗"了一个几乎同样年轻的男青年。这男青年知道自己被"骗"之后，不但没有责备她，反而非常高兴；而女"骗子"却在"节骨眼上"去救了男青年的命……

阿基米德

你听过这样的故事吗？

1807 年，残酷的普法战争爆发了，法皇拿破仑（1769—1821）的军队野蛮地占领了德国"数学王子"高斯（1777—1855）所在的汉诺威（Hannover）城。

这一下，可把一位"红颜"女子急坏了，她担心高斯会像阿基米德那样受害。怎么办呢？

当时占领汉诺威城的法军统帅叫培奈——他正好是这位"红颜"的父亲的朋友。她决定"走后门"，于是冒险走访了培奈将军。她以罗马士兵凶残杀害阿基米德这一历史悲剧为教训，苦心劝说培奈将军，不要伤害高斯。

培奈将军深为她的言辞所感动，又看在他和她的父亲是老朋友的面子上，就专门派了一个密使去看望和保护高斯。

当后来高斯打听到解救他的竟是一位异国"红颜"的时候，非常惊讶和感激，但又觉得这"天降救星"的事不可理解。

最后，高斯才搞清楚，这位"红颜"女子就是和他保持一年多通信联系的"布朗"先生。

那么，这位异国"红颜"是谁？她为什么会和高斯通信，为什么要冒充男士"布朗"，为什么要救高斯？

1776年4月1日，一个女婴降生在巴黎的一位商人之家——也是普通知识分子之家。她，就是上面提到的那位"红颜"女子、近代数学史上第一个做出重大成绩的女数学家——不甘受歧视、自学成才的法国人苏菲娅·吉尔曼（1776—1831）。

吉尔曼是独生女，自然是父母的掌上明珠。吉尔曼的少年，正赶上轰轰烈烈的法国大革命时代，社会动荡不安，因此父母一直把她"保护"在家中。

"笼中小鸟"自然乏味、难受——向往自由是人的天性和权利。于是她开始寻找消磨时光的方法：父母有许多藏书，她就一头扎进了书的海洋。

13岁那年，她在书中看到了阿基米德的故事。故事的梗概是：75岁高龄的阿基米德正专心致志地研究一个几何图形，突然，罗马士兵用寒光闪闪的刺刀对着他，要把他刺死。尽管阿基米德毫无惧色，从容坦然地说"等一会儿再杀我的头，让我把这个几何定理证完，不能给后人留下一条没有证完的定理啊"，但是，凶残的敌人还是立即把他杀害了。

那罗马士兵为什么要杀害阿基米德呢？

原来，阿基米德在第二次布匿战争中，用"新式武器"——例如用杠杆原理造出的投石机，使罗马军队出尽了洋相，吃尽了苦头。这里提到的布匿战争，是指公元前264—前146年罗马与伽太基为争夺地中海西部的控制权，共断续进行了118年的三次战争——也叫汉尼拔战争。

吉尔曼

小吉尔曼看得入了神，还边看边想：为什么阿基米德在刺刀面前还这样珍视科学？几何为什么有如此之大的魔力？同时，也对侵略者的暴行感到愤慨和憎恨。

吉尔曼自学几何到了废寝忘食的地步，父母哪会舍得心肝宝贝吃这样大的苦呢！加上父母也有对妇女的歧视和偏见，认为搞数学都是男人们的事，自己的女儿还不如改学别的学科。于是对她"软硬兼施"，说学数学挺费脑筋，这样下去会搞垮身体……

然而，这些劝告都无济于事，于是父母改变了策略，对她进行"刁难"——晚上不让她点灯。这也难不倒吉尔曼，她设法搞到了蜡烛，夜里偷偷起床看书，学几何。

发现这一"新动向"的母亲，又心生一计，她偷偷地把女儿睡觉时脱下来的衣服藏起来。父母有"门框"，女儿有"对联"。吉尔曼先是假装睡着，待爸妈都睡着后，再起床用被子裹好身体，点上事先藏好的蜡烛，又学了起来。

第二天早晨，金色的阳光射进窗棂，抚摩着趴在桌子上睡着了的吉尔曼弱小的身躯，照亮了桌子上小石板上的算式、图形……

见到此情此景，爸妈既心痛女儿，又被女儿的自学精神所感动。从此以后，他们不但不反对女儿学习数学，而且还设法为她提供更好的学习条件，以鼓励她刻苦学习钻研。

1789 年法国大革命爆发后，巴黎办起了综合的科技大学，吉尔曼满心欢喜，前去报名。可是到了学校一看，门口竟挂着"不收女生"的牌子。这是歧视妇女的陈规陋习，也是对她的一次重大打击。

这一打击并没有使吉尔曼颓废，反而激发出她更高的学习热情。

吉尔曼通过父亲的一个学生拿到了科技大学的全部讲义，刻苦地自学钻研。她对法国数学家拉格朗日（1736—1813）写的这一讲义十分钦佩，还于 1794 年旁听过他的课，于是很想和他见面，以便聆听他的教诲，还希望谈谈自己对讲义中一些问题的看法。

想到自己只不过是一位校外自学的普通青年，又是被一些人歧视的女性，担心不会被他接见，或者即使接见也不过是走过场。改用通信办法也是一样，对方也有可能不会严肃认真对待。于是吉尔曼"计上心来"，决定用一个男性名字——"布朗"，用信将见解写给拉格朗日。

拉格朗日看到"他"的见解，觉得很有独到之处，非常赏识，于是决定亲自上门拜访这位神秘的"布朗"先生。谁知，开门迎接他的竟是一位亭亭玉立的妙龄姑娘。他对此又惊又喜，并没有表现出对女性的歧视。

从此，吉尔曼在这位大数学家的亲自指导下，开始向数学高峰攀登。

1801年，高斯发表了一篇"等分圆周"方面的论文。由于内容艰深，很多人都难以看懂；但是，年仅25岁的吉尔曼看了之后，却有不少新的见解。于是"故伎重演"，就再次化名"布朗"，把见解写在信中，寄给高斯商讨。高斯看了之后，觉得新见解很了不起。就这样，两人一直保持着书信联系，虽未谋面，但却结成了深厚的友谊。于是，就有了前面吉尔曼"走后门"的故事。

高斯在知道自己被女青年吉尔曼用男性名字"欺骗"后，不但没有责备她，反而非常高兴。称赞她具有"高贵的勇气"，敢于深入数学这个"充满荆棘的领域"，评价她具有"十分卓越的才能"，是一个"超级天才"。

高斯是历史上最先提倡授予女子博士学位的人。后来，他还在他任教的哥廷根大学建议授予吉尔曼荣誉数学博士学位，但没能办完此事，吉尔曼就悄然辞世。

冷"大人物"与热"小人物"
——阿贝尔遭遇高斯与克氏

挪威数学家尼尔斯·罕利克·阿贝尔（1802—1829），在1824年解决了困惑数学家们达300多年之久的难题——初步证明了高于四次的一般代数方程不可能有一般形式的代数解。

阿贝尔

阿贝尔著名的论文以小册子的形式发表后，得到了一笔不大的报酬。因为这一成就，他的老师和朋友们建议学校向政府申请一笔经费，使阿贝尔得以于1825年8月开始了历时两年的欧洲大陆之行。

1825年，他在柏林结识了"小人物"——德国铁路工程师克列尔（1780—1855）。

在阿贝尔和生于瑞士的德国数学家斯坦纳（1796—1863）的建议下，克列尔于1826年创办了著名的数学刊物《纯粹与应用数学杂志》，他也因此成为数学家。这本又被称为《克列尔杂志》的古老数学杂志头三卷，就发表了阿贝尔22篇包括方程论、无穷级数、椭圆函数论等方面的论文。

热"小人物"克列尔发表"小人物"阿贝尔的论文，让论文传播；"小人物"阿贝尔的开创性论文，又为热"小人物"克列尔的杂志增光添彩。两位"小人物"互相帮助促进、相得益彰，成为数学史上的佳话。

可是，"大人物"的态度就不同了。

1826年，阿贝尔把他的小册子寄给了高斯。高斯死后，人们才在高斯的遗物中遗憾地发现，小册子连拆都没有拆开！当阿贝尔的有关论文送到高斯手中，渴望得到他的指教、评价，希冀从他那里获得继续深造的机会时，高斯却认为这是"小人物""无知"的结果，便把它扔在一边。拒见在柏林急待见他的阿贝尔。

美国的《独立宣言》中有一句名言："一切人生来平等。"为什么"小人物"克列尔和"大人物"高斯对待阿贝尔有这么大的反差呢？由此又给我们什么启示呢？这个答案留给读者。

克列尔

高斯的蔑视使阿贝尔心灰意冷。阿贝尔放弃了访问哥廷根大学的打算，婉言谢绝了克列尔劝其定居柏林的建议，转而把希望寄托在法国人身上。他以为那里的大数学家勒让德（1752—1833）、柯西（1789—1857）、拉普拉斯（1749—1827）、泊松（1781—1840）、傅立叶（1768—1830）等之中，必有他新的伯乐或知音。

嫉妒同行"小人物"
——勒让德装聋作哑

在柏林滞留的近一年期间，阿贝尔虽然没能等到高斯的接见，但却完成了他一生中最重要的工作——使椭圆函数的研究"柳暗花明又一村"；因此，他和德国数学家雅可比（1804—1851）并称为椭圆函数论的创始人。19 世纪初，椭圆函数方面的研究权威是法国著名数学家勒让德（1752—1833）。他对这一课题的研究达 40 年之久，但并没有突破性的进展——他已是"山重水复疑无路"了。

勒让德

1826 年 7 月，阿贝尔到了巴黎，他先后在那里拜访了几乎所有的大数学家——勒让德、柯西、傅立叶……虽然他们都没像高斯那样把他拒之门外，而是彬彬有礼地接待了他，但当阿贝尔谈及他的研究成果时，却没有一个人愿意仔细倾听。

在这些"大人物"的思维定式中，这个外表腼腆、衣着寒酸、流落在外、稚气未脱的"小人物"是不会有多大名堂的。这些"热情"的冷遇使阿贝尔写信给他的数学老师——挪威数学家伯恩特·迈克尔·洪堡（1795—1850）："法国人对陌生的来访者比德国人要世故得多……任何一个开拓者要想在此间引起重视，都得遇到巨大的障碍。"

由于这些大家的冷漠，以前曾非常自信的阿贝尔，这时对自己的研究能否得到合理的评价已深感疑虑了。尽管如此，他还是通过正常渠道将论文递交给了法国科学院。

法国科学院处理论文的第一个人是科学院秘书傅立叶，他读了论文的引言后，便委托勒让德和柯西负责审查。柯西把论文带回家中，但却把它扔到一边，到想看的时候，却记不起放在何处了。直到两年后阿贝尔去世时，失踪的论文才被找到，而论文的发表却又过了 12 年——直到 1841 年，雅可比才从柯西那里找到阿贝尔的论文予以发表。

傅立叶

勒让德看了阿贝尔的论文后也无动于衷。

如果说年富力强的柯西因忙于自己的事业，顾不上研究阿贝尔的论文而铸成大错，尚情有可原的话，那勒让德就不可以原谅了。

首先，勒让德已功成名就、德高望重，不必像柯西那样忙着搞科研、出成果。

其次，勒让德已过古稀晚年，因此他理应对培养、提拔年轻人才负有更多的责任。

最后，阿贝尔的论文，虽然有许多新奇、艰深的概念和思想，但却是勒让德最熟悉的领域；因此只要稍有提示，对基本思想稍加说明，就应引起他的科学认同。

然而，勒让德却令人遗憾地漠然置之。

最具有戏剧性的一幕是，当德国青年数学家雅可比（1804—1851）也独立做出椭圆函数论方面的工作之后，勒让德告诉他，阿贝尔已先于他做出了类似的工作。由此可见，勒让德对阿贝尔的论文内容并非一无所知，也并非完全不懂。怪不得雅可比在得知这一消息，并如饥似渴地读完阿贝尔那篇失落两年又奇迹般出现的论文后，气愤地写信责问法国科学院："阿贝尔先生做出了一个多么了不起的发现啊！有谁看到过别的堪与比美的发现呢？这项也许称得上是我们世纪最伟大的发现，两年前就提交给你们科学院了，却居然没

柯西

有引起你们的注意，这究竟是怎么一回事呢？"

雅可比

勒让德又是怎样回答雅可比的责问的呢？他回信说："我们感到论文简直无法阅读，因为它用几乎是白色的墨水写成，字母拼得很糟糕，我们都认为应该要求作者提供一个较清楚的文本。"

勒让德的辩解完全不能成立。首先，既然"无法阅读"，无法知道论文内容，那为什么雅可比可以阅读呢？为什么勒让德在得知雅可比已独立做出类似的研究时，又对雅可比说阿贝尔早已有这一研究呢？可见勒让德是知道阿贝尔论文的内容的。其次，退一步说，即使阿贝尔的论文"字母拼写得很糟糕"，没有达到"清楚的文本"的标准，那又应不应该要求阿贝尔提供一个"清楚的文本"呢？难道因为"书写不清"就可以将一项重大的成果抹杀吗？可见，勒让德是在编造托词。

那勒让德为什么会抹杀阿贝尔的成就呢？这是由于他妒忌同行和压制年轻人的成就。他是有关椭圆函数论方面的行家，但已是"江郎才尽"。当阿贝尔突破性的论文出现时，他感到一个黄毛孺子竟在那么短的时间内就超过了自己，如果承认阿贝尔的成就，就等于承认自己 40 年的无能。这种妒忌心理使他采用鸵鸟政策，把阿贝尔的成就冷置一边，以稳定自己仍"无人能敌"的权威地位。更可笑的是，当雅可比也做出了越过自己的成就时，他又用被他贬低的阿贝尔去贬低雅可比，说阿贝尔早已做出了类似的成就。

"机关算尽太聪明，反算了卿卿性命。"——处心积虑的勒让德这样做，正好在他自己的脸上抹刷了一笔滑稽的油彩。

阿贝尔的纪念碑

对照高斯、柯西、勒让德这些"大人物"的冷淡和"小人物"克列尔的热情，可以看出科学家的道德、科学家肩负的提携"千里马"的任务，是多么重要！

首位女数学博士这样诞生
——魏尔给索菲娅"开小灶"

索菲娅

　　1950年，莫斯科和斯德哥尔摩分别举行了隆重的纪念大会——纪念俄国女数学家、物理学家、天文学家、历史上首位女数学博士索菲娅·柯瓦列夫斯卡娅（以下简称索菲娅）100周年诞辰。

　　那么，她是怎样成才的，又是哪些"伯乐"帮助了她呢？

　　1850年1月15日，索菲娅出生在莫斯科。在英国小姐玛格丽特·史密斯、她的颇有数学修养的伯父、俄国的约瑟夫·马莱维奇、俄国海军学校的数学教师亚历山大·斯特朗诺留勃斯基等家庭教师的先后调教下，从小就对数学产生了浓厚的兴趣，也学到了不少文、史、地等知识。

　　索菲娅对此并不满足——她要进大学学习。由于俄国大学不收女生，于是，她请俄国大数学家切比雪夫（1821—1894）"开后门"，让她进入彼得堡大学。这也无济于事：切比雪夫甚至慑于当局和大学内歧视妇女的保守分子的压力，竟没敢让她听他的课。

　　索菲娅要深造，只好出国——去上西欧像瑞士苏黎世大学、德国海德堡大学这样少数几所收女生的大学。

　　可是，出国留学却遭到政治上保守的父亲的反对，而未婚女子没有家庭的同意是不能成行的。为了摆脱家庭控制，出国深造，她只好和莫斯科大学古生物系的柯瓦列夫斯基在 1868 年 10 月举行假婚礼。这样，"妻子"就不再受家庭的约束而可以出国——还可带上自己的姐妹。

1869 年春，索菲娅出国深造，于当年进入德国海德堡大学，从师哥尼斯伯格。哥尼斯伯格在讲课时，对自己的老师魏尔斯特拉斯（1815—1897，以下简称魏尔）的功绩和人品赞赏有加。于是索菲娅学业未完就去了柏林——她要到那里去听"现代分析学之父"——魏尔的课。

1870 年 8 月的一天，柏林大学魏尔的办公室。在这位誉满天下的教授面前，站着一位不速之客——一位俄国女青年，她恳切但坚决地要求魏尔收她做学生。

魏尔教授以怀疑的目光打量着她：穿着一身朴素的衣裳，一顶宽边下垂的帽子，使人看不清她的脸，只有一双动人的眼睛闪烁着热切和智慧的目光。这位女青年用缓慢但清晰的德语，向教授陈述自己的情况，表达自己的决心。教授被她诚恳的态度和对数学的热情感动了。

作为学者，魏尔知道科学探索光凭诚恳和热情还不够，决定考考她再说。于是他出了一堆题目让她带回去做——这些题目，都是教授过去给自己高才生出的难题。他想，这位俄国女学生多半是做不出来的。

一周以后，索菲娅又来到魏尔的办公室，告诉魏尔说，所有的题目都做好了。教授将信将疑。他让索菲娅坐下，当场逐题仔细审阅她的解答。看着看着，教授脸上露出了惊异的神色，最后又变成满意的微笑，不仅每道题都解得十分正确，而且条理分明，逻辑严谨，方法也很有创造性。经验丰富的教授立即意识到：他面前的这位普通女学

魏尔斯特拉斯

生，是一匹难得的数学"千里马"。

焦急地坐在一边等待的索菲娅，听到魏尔教授的赞许，心里的一块石头落了地。

魏尔让她先回去等候消息，因为收她进柏林大学的事，还必须请示校方。

魏尔是个严肃谨慎的人，在请示校方以前，他又写了一封信给哥尼斯伯格，了解索菲娅的情况。哥尼斯伯格很快就回了信，他高度赞扬了索菲娅的数学才能和个人品德。于是魏尔就找学校当局商量，要求批准索菲娅到他班上听课，但是，学校当局无意为索菲娅破例。魏尔失望地回到办公室，心里盘算着应该怎么办。每当遇见奋发向上、追求科学的青年，他总不禁想起自己成长的曲折之路。

魏尔出生于一个普通的职员家庭，父亲是普鲁士海关的一般工作人员。父亲一心希望自己的儿子能成为一个高级的文官，于是把19岁的儿子送进波恩大学，学习法律和财经，但儿子却迷上了数学，并立志把一生献给数学研究。他在大学里度过了八个学期，既没有参加法律系的毕业考试，也没有获得法律博士的学位。这使父亲非常失望。

在一位朋友建议下，父亲决定让儿子当教师，并送儿子进明斯特市神学与哲学院去准备教师资格考试。在那里，魏尔遇到了一位善良的教授——克利斯托夫·居德曼（1798—1852）。居德曼十分欣赏魏尔的才能，吸收他来到自己的数学讨论班。

不久，魏尔通过了教师资格考试，他在书面考试时写出一篇论文，对椭圆函数理论作了重要的推进。居德曼独具慧眼，他当即指出：魏尔可以同这门理论的、享有盛名的发现者相提并论。

从那以后，魏尔当了整整14年的中学教师。在繁重的教学任务之余，他以惊人的毅力坚持数学研究，终于取得了巨大的科学成就。

个人的经历，使魏尔对有科学抱负的青年人，总是抱着深切的同情之心。他永远也不能忘记居德曼教授对自己的栽培，并牢记着一个真理：发现和培养青年人对科学发展意义重大。

现在，面对着一株充满希望的科学新苗，难道能看着她自生自灭、枯萎凋谢吗？

不，不能！魏尔决定不顾任何反对，从百忙中挤出时间来亲自培养索菲娅。魏尔利用每个星期日的下午，单独给索菲娅讲授数学。从当年起至1874年秋，除了生病和寒暑假期，以及1871年索菲娅因惦念为巴黎公社从事革命活动的姐姐安娜去过巴黎外，四年间从未间断过。索菲娅没有辜负老师的期望。她比以往任何时候都更加刻苦地学习。

1873年，魏尔任柏林大学校长，在他的举荐下，索菲娅以三篇重要的数学论文获得了德国数学中心——哥廷根大学在1874年7月破例授给她的"最高荣誉哲学博士"称号。于是她成了历史上第一个女数学博士。三篇论文中的第三篇以严密的数学理论，修正了法国数学家、天文学家拉普拉斯（1749—1827）关于土星光环的理论。于是，有了一首优美挽诗的结束语：

"只要土星环依然放射光辉，只要地球上还有人类，全世界将铭记您不朽的英名，那荣誉的桂冠，您永当无愧！"

这热情洋溢的赞美诗句，是索菲娅曾工作过的斯德哥尔摩大学数学教授弗里茨·列弗勒作的——作于索菲娅逝世的1891年。在59年之后纪念索菲娅100周年诞辰时，它再次在人们耳边回响，"土星环放射的光辉"，至今仍在我们眼前闪亮——这光辉来自索菲娅，更来自魏尔……

"我没看出来"
——不贪名利的阿达马

"我发现的一个定理，可以从您的论文中推出来，因此发现权应该属于您的。"当一个人这样对您说的时候，您会如何回答？

不同的人，可以做出完全不同的回答——而不同的回答，代表不同的思想境界。法国数学家阿达马（1865—1963）交出了实事求是的、最好的答卷。

阿达马

一天，阿达马收到了德国著名数学家朗道（1877—1938）的一封信。朗道在信中告诉阿达马，当时另外一位数学家宣布发现了正系数级数性质的一个定理。信中还说："这个性质是属于您的，它出现在您的学位论文中。"

朗道曾在哥廷根大学和柏林大学任教授，在法西斯统治时期，被迫移居荷兰。他在数论和复变函数论等方面很有研究，在当时是受人尊敬的、有权威的数学家。显然阿达马可以轻而易举地获得这个定理的优先发现权，但阿达马却不想"顺手牵羊"，而是写文章说："我有必要让朗道了解真相。他所谈到的定理，当然本来应当出现在我的学位论文中，它是我的学位论文的直接结果，而且正像人们常说的，它是'显而易见'的，然而事实却是——我没有看出来。"

好个"我没有看出来"。这道出了阿达马实事求是的、在荣誉面前不伸手的高尚品质。这正如英国哲学家弗朗西斯·培根（1561—

1626）所说："美德好比宝石，它在朴素外表的衬托下反而更美丽。"

朗道

阿达马是一位杰出的数学家，他的主要贡献涉及函数论、数论、微分方程、泛函分析、微分几何、集合论和数学基础等方面。在数论方面，他在 1896 年就和比利时数学家普桑（1866—1962）几乎同时各自独立证明了素数定理。"泛函"这个名称也是阿达马首创的。他一生中的著作多达 300 多部。

阿达马心胸开阔，追求事业，不贪名誉，身体健康，活了 98 岁——走过了近一个世纪的充实的人生之旅。

从 6 英寸门缝到大门敞开

——哥德尔知"错"必改

柯恩

在数学上，有一个"不完全性定理"。这个定理使数学家们认识到，任何所谓严密的逻辑形式体系，都不是天衣无缝的。

奥地利数学家哥德尔（1906—1978），就是以在 1931 年证明不完全性定理闻名于世的。他一生花了很大精力想搞清楚连续统假设（CH）是否独立于选择公理（AC）。这里提到的 CH 和 AC，都是数学的一个分支——数论中的概念。

20 世纪 60 年代早期，一个初出茅庐的年轻美国数学家保罗·约瑟夫·柯恩（1934—2007），在与斯坦福大学的同事们聊天时扬言：他可以通过解决某个希尔伯特问题或者证明 CH 独立于 AC 而一举成名。这里提到的希尔伯特问题，指 1900 年在巴黎召开的第二届国际数学家大会上德国数学家希尔伯特（1862—1943）在讲演中提出的 23 个数学问题——内容涉及现代数学的大部分问题，它推动了 20 世纪数学的发展。

其实，柯恩当时只是傅立叶分析方面的行家，对于逻辑和递归函数，他只研究过不长的时间。这里提到的傅立叶（1678—1830）是法国数学家兼物理学家。

柯恩果然去专攻逻辑了。大约用了一年的时间，真的证明了 CH 和 AC 独立。这项成就被认为是 20 世纪最伟大的智力成就之一，他还因此与另外三人共同荣获 1966 年菲尔兹奖（Fields Medal）。柯恩用的是"力迫法"——现代逻辑的一种重要工具。著名的菲尔兹奖，由国际数学联盟（IMU）每 4 年召开一次的国际数学家大会颁发，只授予 40 岁以下的数学家（每一次最多 4 人）。柯恩荣获的菲尔兹奖，是该奖截至 2017 年年底（最近的一次颁奖是在 2014 年）数理逻辑界获得唯一的一次。

当柯恩拿着证明手稿去高等研究院找哥德尔，请他核查证明是否有漏洞的时候，哥德尔却根本不相信——柯恩早已不是第一个向他声明解决了这一难题的人。在哥德尔眼里，柯恩根本就不是逻辑学家，所以不可能解决这一难题。

柯恩找到哥德尔家，敲了敲门。门只开了 6 英寸（约 15 厘米）宽的一道缝。

一只冷冰冰的手伸出来接过手稿，随后门"砰"的一声关上了。柯恩很尴尬，悻悻而去。

不过，两天之后，哥德尔的大门就"特别敞开"了。他邀请柯恩来家里喝茶——柯恩的证明是对的，大师哥德尔已经认可了。

正是："我的心若能化作那风儿，他便定能得到盛情的款待。"

哥德尔的举止以"新颖"和"古怪"著称。他在 1942 年和德国物理学家爱因斯坦认识之后，成了好朋友。他们当时都在普林斯顿，经常在一起吃饭，有时聊着非科学话题。例如，议论麦克阿瑟（1880—1964）将军从朝鲜战场回来后，在麦迪逊大街举行了隆重的庆祝游行的话题。

第二天吃饭的时候，哥德尔煞有介事地对爱因斯坦说，《纽约时报》封面上的人物不是麦克阿瑟，而是一个骗子。证据是什么呢？哥德尔拿出了麦克阿瑟以前的一张照片，又拿了一把尺子，比较了两张照片中鼻子的长度在脸上所占的比例——结果的确不同。

哥德尔

古怪归古怪，但哥德尔知"错"必改——而且只用了两天时间，当然值得肯定。

许多科学家都善于坚持真理，勇于改正错误。著名的物理学家爱因斯坦就是其中之一，他也知错必改，闻过则喜，从不文过饰非。他发表论文后，往往又跟着发表"更正"。

1907年，爱因斯坦在大学读书时的老师——闵科夫斯基（1864—1909）教授根据他的狭义相对论，提出时空的四维表示形式。开始，爱因斯坦不赞同，认为这是数学家把物理问题复杂化了，但不久，他改变了看法，认为四维表示是帮助他走向广义相对论的重要步骤。

1917年，爱因斯坦在宇宙学论文中引进了一个普适常数"宇宙项"。苏联科学家弗里德曼（1888—1925）在1922年发现这个附加项是没有必要的，从而提出了一个膨胀的宇宙模型。当时爱因斯坦并不相信这一结果，就在德国的《物理学期刊》上公开反驳；但不久，爱因斯坦认识到弗里德曼的理论是正确的，于是在同一刊物上，公开声明撤回自己的错误批评，接受了弗里德曼的理论。

衣衫单薄的男孩是谁
——熊庆来等提携华罗庚

"长江后浪推前浪，世上今人胜古人。"

奔流不息的科学之川中不乏这样的浪花：一些"小人物"的崛起，是从纠正名人的错误开始，然后得到慧眼识珠和道德高尚的"伯乐"的赏识和提携，才一步一步走向成功的。

熊庆来

这里要讲的就是这种故事：华罗庚（1910—1985）指出大学教授苏家驹的错误，被熊庆来（1893—1969）等提携。

1824年，阿贝尔证明了一般四次以上的代数方程不可能有代数解。100年后，中国学者、大学教授苏家驹用了数年苦功，致力于一般五次代数方程的求解，终于得出"否定"阿贝尔定理的结果。他的论文《代数的五次方程式之解法》（简称"苏文"），发表在上海的《学艺》杂志1926年第7卷第10期上。

也是在这一年，华罗庚考取了上海中华职业学校，学习会计；但因为交不起学费，只好回到江苏金坛县（现金坛市）的老家，帮父亲在只有一间小门面的"乾生泰"杂货店里干活、记账，并继续痴迷、勤奋地学习数学。

1929年，华罗庚的数学老师王维克（1900—1952）介绍他回母校当会计，并兼任初中补习班的数学教员。

就在这一年，在王维克的精心培育和华罗庚自己的刻苦努力下，

19 岁的华罗庚在看过"苏文"之后，发现"苏文"把一个 12 阶行列式算错了。于是，他问王维克老师："我能写文章指出苏教授的错误吗？是否有些不自量力？""当然可以。我相信苏教授会欢迎你这样做的！"老师回答。于是，华罗庚写出论文《苏家驹之代数的五次方程式解法不能成立的理由》（简称"华文"）。王维克帮他修改，并亲自推荐给上海《科学》杂志，发表在 1930 年 12 月第 15 卷第 2 期上。

那么，北平的熊庆来怎么要提携远在金坛的华罗庚呢？

原来，熊庆来对"苏文"早有看法，不过也没有打算为这么一个小问题去写文章反驳。现在看到"华文"，特别是对"华文"在序言中实事求是地写出了自己从仿"苏文"到找出"苏文"破绽的过程十分赞赏。他颇为纳闷，华罗庚，中国数学界从来没有听说过这个名字啊，他是"何方神仙"呢？说来也巧，同办公室的教员、数学家和教育家唐培经（1903—1988）也是金坛人，听说过华罗庚这个人。熊庆来请唐培经去了解情况，唐培经一口答应。当熊庆来得知华罗庚家境颇为困难，只是一个初中毕业生，靠刻苦自学，数学已经钻研得很深，颇感意外，更觉难能可贵。于是征得理学院院长、中国卓越的物理学家、教育家叶企孙（1898—1977）教授同意，就给华罗庚写了一封信，决定聘华罗庚来清华工作。请上海《科学》编辑部转交的这封信中说："日后出差来北平，请到清华园一聚。"

华罗庚收到熊庆来的信后，喜出望外，和自己的父母吵着要去见熊庆来。父母拗不过华罗庚的死缠烂磨，只好想方设法凑足路费让华罗庚北上。华罗庚高兴得顾不上给熊庆来回信，就直奔清华园。

1931 年 8 月的一天，华罗庚向清华大学的门卫通报了自己的姓名，并说要见熊庆来。

熊庆来时任清华大学数学系（当时叫算学系）主任，一般人是难得见到这位大忙人的。门卫把"不速之客"华罗庚从上到下打量了许久，才叫他在会客室等着，并给熊庆来拨了电话。熊庆来听说华罗庚来了，又惊又喜，急忙丢下工作亲自到会客室去迎接。

熊庆来到会客室之后，碰巧门卫不在，只见到一个衣衫单薄、面有"菜色"、左腿严重残疾的瘦弱大男孩，以为是门卫的儿子，于是在门外徘徊。徘徊一阵之后，他以为华罗庚办别的事去了，只好回到办公室等门卫通知。

过了一会，电话铃又响了。"华罗庚在哪里？"熊庆来再次来到会客室问门卫。

"他就是华罗庚，已经等了一个多小时了。"门卫指着那个大男孩回答。

"就是你呀！失敬了！失敬了！"熊庆来大吃一惊，快步走过去，紧紧握着华罗庚的手说。

按辈分和年龄，熊庆来算得上是华罗庚长辈。按学识、资历和名气，熊庆来时任清华大学数学系主任，一级教授，"熊氏无穷数"的定义人，当时远在华罗庚之上。可是，熊庆来没有任何"大人物"的架子，而是求贤若渴，主动写信给华罗庚，并在百忙中亲自到接待室欢迎华罗庚。

在熊庆来和数学家、数学教育家、清华大学教授杨武之（1896—1973）的举荐下，经叶企孙拍板，熊庆来1931年秋派人拿着照片到北京火车站，把只有初中文化程度的华罗庚接到清华大学数学系任助理。在熊庆来的培养下，华罗庚从此走上了大数学家之路。

熊庆来爱惜和培养人才，这已不是第一次了。早在1921年，他在东南大学（南京大学前身）当教授时，发现一个叫刘光的学生很有才华，就经常指点他读书、研究。后来又和另一位教过刘光的教授，共同资助家境贫寒的刘光出国深造，并且按时给他寄生活费。有一次，并不富裕的熊庆来甚至卖掉自己身上穿的皮袍子，给刘光寄钱。刘光成为著名的物理学家之后，经常满怀深情地提起这段往事，他说："熊教授为我卖皮袍子的事，十年之后才听到，当时，我感动得热泪盈眶。这件事对我是刻骨铭心的，永生不能忘怀。他对我们这一代多么关心，付出了多么巨大的热情和挚爱呀！"

这两个故事，不但表现出熊庆来"不拘一格求人才"、无私资助人才的高贵品质，而且还表现出他是一位慧眼识得千里马的伯乐。事实上，中国许多著名科学家都是他的学生。例如数学家庄圻泰（1909—1998）、许宝騄（1910—1970）、段学复（1914—2005）、张广厚（1937—1987）、杨乐（1939—　），物理学家严济慈（1900—1996）、赵忠尧（1902—1998）、赵九章（1907—1968）、钱三强（1913—1992），化学家柳大纲（1904—1991）等。

在这里，有一位和熊庆来形成鲜明对比的"大人物"，他就是英国博物学家、植物学家和自然科学的赞助者——英国皇家学会第22届（1778—1820在任）会长兼英国皇家学院院长约瑟夫·班克斯（1743—1820）勋爵。皇家学院（Royal Academy）全称皇家艺术学院（Royal Academy of Arts，简称RCA），由英国国王（1760—1800任大不列颠国王及爱尔兰国王，1801—1820任大不列颠及爱尔兰联合王国国王）乔治三世（George III，1738—1820）于1768年12月10日创建。

这里要"插播"的是，我们经常遇到的"勋爵""爵位""爵士"等是什么意思？爵位也叫爵号，旧说中国周代有公、侯、伯、子、男五种爵位，是古代皇帝对贵戚功臣的封赐，但后来的爵位制度往往因时而异。

英国的爵位也是这五种（按降序排列）：公爵（duke），侯爵（marquess），伯爵（earl，勿与英国以外的世界各地，例如西欧的count混淆），子爵（viscount），男爵（baron）。这五等爵位之外的贵族，还有"亲王"（或"王子"）、"从男爵""爵士""骑士"等封号。其中的爵士（jazz），有的认为也是英国的一种爵位，是指在战场上立过功劳，因而得到国王赏赐田地的人，但不属于贵族，不能世袭。除了公爵，可以在普通场合把男性贵族敬称为勋爵（lord），但也有把公爵之子、侯爵、侯爵之子、伯爵统称为勋爵的。上述班克斯勋爵也叫班克斯爵士，或者叫第一代从男爵（1st

Baronet）。世界各国包括名称等等在内的爵位制度（不是本书的主题）是很复杂的，例如德国分为十五等，匈牙利分为三等。

1811 年，20 岁的英国物理学家法拉第（1791—1867），当时是装订书籍的学徒工，但十分热爱科学研究，并取得了一些成绩。这一年的一天，法拉第来到伦敦爱伯马尔街 21 号——英国皇家学会会长班克斯的住所，想求他在皇家学院为自己安排一份科研工作。他敲门之后，班克斯的仆人出门把势利的目光投向了他："年轻人，有何贵干？"法拉第把信交给这位仆人之后，门关上了……

一个星期之后，法拉第还没有收到回信，就又到了班克斯的住所。这一次，班克斯的仆人连门都没有开，只是从门缝里透出一句话："班克斯勋爵说，你的信不必回了。"然后就关上了门。没想到，热心赞助自然科学的班克斯，竟然也这样冷对"小人物"及其成果。

和班克斯对待法拉第的冷漠态度形成鲜明对比的不只是熊庆来，还有首先提携华罗庚的王维克。

王维克是华罗庚的初中母校金坛中学的校长、著名翻译家（例如但丁的《神曲》就是他翻译的）、数学家，也是居里夫人（1867—1934）的学生。华罗庚处于辍学、失业和贫病交加的艰难日子里，王维克总是热情提携他。华罗庚患伤寒病时，王维克经常鼓励他"病好了，可以继续攻数学"，送钱给他用，结果自己也染上了伤寒病。1961 年 10 月，华罗庚在参加南京的数学工作者座谈会上曾这样对人怀念他："王维克先生还是我数学成绩的第一个赏识者呢！我这位中学老师，不仅数学好，而且在物理学、天文学方面造诣也很深，并且是一个有成就的翻译家。"

化学家、教育家王季梁（1888—1966）也是提携华罗庚的伯乐。他是 1909

班克斯

年由清朝政府派出的第一批的"庚子赔款"留美学生，是中国近代分析化学学科的开创人和中国科学史研究的先驱，从 1926 年 9 月起开始担任《科学》编辑部主任。按照编辑程序，王季梁在收到"华文"之后，会分交有关编辑审稿，再决定是否刊用。"华文"虽然在数学上算不得什么重要发现，但对立志向数学王国挺进的华罗庚来说，却是至关重要的第一步。由于编辑部重视文章的质量，而不在乎作者的身份，所以《科学》发表"华文"并最终让华罗庚走出了这"第一步"，王季梁也功不可没。

王季梁

从这些提携包括华罗庚在内的后人的老一辈科学家的言行中，我们看到了中华民族的脊梁——还有那"科学救国"的不灭之火……

不要博士要"旁听"

——华罗庚留学剑桥

1932 年秋，华罗庚被清华大学数学教授熊庆来（1893—1969）接到清华大学数学系。其后四年间，华罗庚发表了十多篇论文，自学了英文、法文、德文，成为蜚声国际的著名青年学者。在著名物理学家、理学院院长叶企孙（1898—1977）等人的坚持下，华罗庚被迅速破格提拔为教授，接着又被中华文化基金会聘为研究员。1936 年夏，华罗庚得到该基金会每年 1 200 美元的乙种资助，作为访问学者到英国剑桥大学留学。

1936 年，华罗庚到了号称"世界数学中心"的剑桥大学。到剑桥后，他从哈代（1877—1947）留下的纸条得知："可以在两年内获得博士学位。"这是哈代对他的信任——一般获得这个学位是三四年。此时，英国著名数学家、牛津和剑桥的双重教授哈代正在美国旅行。

然而，华罗庚知道哈代对他的"优惠"之后，却对接待他的出生在德国的英国数学家海尔布隆（1908—1975）教授冷静地说："我到剑桥是为了求学问，不是为了博士学位，我只要求做一个旁听生！"跟他谈话的海尔布隆吃惊得瞪大了眼睛，简直不敢相信自己的耳

剑桥大学一角

朵。

华罗庚是这样想的：要是专攻博士学位，势必只能选修一两门学科，如果丢开博士学位不管，就可以同时读七八门学科，从而获得更加广泛的知识。

华罗庚果然在剑桥大学当了一名旁听生。

在短短的两年时间里，华罗庚通过刻苦学习，掌握了广泛的数学知识，发表了十几篇论文——不少可以与博士论文相媲美。特别是他的关于塔内问题的"华氏定理"等成果，使得哈代修改了自己即将出版的著作《数论入门》。华罗庚还彻底解决了"数学之王"高斯在19世纪提出的完整"三角和"估计问题，因此轰动了剑桥，被誉为"剑桥的光荣"。

1938年，华罗庚初别剑桥回国。他虽然没有获得博士学位，但获得了广博的知识，这为他后来攀登一座又一座数学高峰打下了坚实的基础。

读书为什么？留学为什么？得文凭为什么？得学位为什么？华罗庚给出了能得100分的答卷——可以供我们当今求学者、教育者和用人者深思的答卷。

巨星陨落讲坛
——华罗庚东京遭不测

"巨星坠落大树倒，悲咽卷千家……"

1985 年 6 月 21 日，北京八宝山革命公墓礼堂庄严肃穆，哀乐低回，一位科学巨匠的骨灰安放仪式在这里隆重举行，党和国家领导人及 500 余位各界代表来送他——一路走好。

华罗庚

1948 年，美国伊利诺伊大学聘他为终身教授。

1979 年，法国南锡大学向他颁发了荣誉博士学位。

1982 年，香港中文大学授予他名誉理学博士学位。同年，他当选为美国科学院国外院士，1984 年参加了院士会议。

1983 年，他出席意大利召开的第三世界科学院成立大会并当选为院士。

1984 年，美国伊利诺伊大学授予他荣誉理学博士学位。

1985 年，德国巴伐利亚科学院选举他为院士。

…………

他先后担任中国数学会理事长、中国科学院院士和全国政协副主席等无数要职。

有人曾评论说，按照"学术成就和水准，他可以被选为任何科学院的院士"。

"他"是谁？他就是在数论、矩阵几何学等多个理论数学领域，

"优选法"等应用数学领域，都有卓越贡献的世界数学伟人华罗庚（1910—1985）。

华罗庚的学术成就与国际威望使他赢得了世人的崇敬和众多的荣誉。于是，邀请他讲学、交流……的信件如雪片般飞来。

1985年6月3日，应日本亚洲协会的邀请，华罗庚带领助手到日本访问。

6月12日下午，华罗庚到了日本东京大学学士院，会见了日本数学界的院士们，还在留言本上写下了："十分荣幸地来访问日本学士院，祝两国科学交流日益繁荣。"

下午4时，在日本数学会会长小松彦三郎（Hikosaburo Komatsu）的陪同下，华罗庚走进报告厅。他用流利的英语，作了十分精彩的讲演，使原定45分钟报告延长到65分钟。

当报告结束，华罗庚最后说了"谢谢大家"之后，雷鸣般的掌声响起。此时，他的日本朋友——中日文化交流协会理事、数学家白鸟富美子（F. Shiratori）女士，走向讲台向他献花。华罗庚却因心脏病突发，猛然从椅子上滑下，身子歪倒在地。就这样，一束鲜花还没有来得及献到他的手上，就突然升空而去——经抢救无效于当天22时9分逝世。

6月15日，载有华罗庚骨灰的专机降落在首都机场，华罗庚再次回到了生他养他的母亲的怀抱。他曾拒绝过许多次优厚待遇的诱惑——1938年从剑桥大学、1950年从美国伊利诺伊大学……毅然归国。

在科学的"春风又绿江南岸"的时候，华罗庚曾写下了这样的诗："春风吹绿了大地，原野上万马奔驰，与其伏枥而空怀千里，何如奋勉而追骐骥。"

75岁高龄的华罗庚，终于倒在"奋勉而追骐骥"的征途中，实现了他"工作到最后一刻"的最大夙愿。

"我要留在祖国"
——苏步青在岳父病危之时

"鼓浪屿遥对着台湾岛，台湾是我家乡……我渴望，我渴望，快快见到你，美丽的基隆港……"这是歌曲《鼓浪屿之波》中的几句，唱出了对家乡和远方亲人迫切思念的深情。

1937年，在杭州的浙江大学校园内，也有怀着这种深情的一位美貌少妇。不过，她遥对的家乡是日本的仙台；同时遥对仙台的，还有她的夫君……

苏步青夫妇及其子女

这位美貌少妇是谁，她为什么会从日本远渡重洋来杭州，而在此时和丈夫会遥望自己的家乡？看完这个故事，这三个问题将迎刃而解。

1920年2月的一个上午，一个中国青年走进日本一所名牌大学——东京高等工业学校的考场，他只用了1小时，就全部准确无误地完成了要求3个小时做完的试题。同年3月，他以第一名的成绩被该校的电机系录取。这个衣着朴素、"毫不起眼"的青年，就是1919年秋来到日本的中国人苏步青（1902—2003）。后来，他成了世界著名的数学家。

1924年，苏步青又以第一名的成绩考进日本东北帝国大学数学系。1927年，因成绩特优，被该校研究生院免试录取为研究生。1928 年，该校松本教授的女儿松本米子（1905—1986）与他在仙台市喜结连理，从夫成为苏米子。1931 年 1 月，苏步青在该院毕业，获得理学博士学位。

苏米子

从 1927 年发表第一篇学术论文开始到 1931 年期间，在日本、美国、意大利等国的数学刊物上，苏步青连续发表了 40 多篇仿射微分几何和相关方面的论文，被数学界誉为"东方国度上空升起的灿烂数学明星"。然而，这位在研究生院毕业之后的数学明星却因为许多因素面临着何去何从的困难选择：日本的一些名牌大学争着用高薪聘请他任教；妻子和孩子在日本；出国前曾与学长陈建功（1893—1971）相约学成归国，在故乡建设一流的数学系，而此前陈建功已学成回国，自己当然不能爽约……

苏步青知道，最需要自己的地方是生养他的祖国。他的老师、同学闻讯赶来，竭力劝他留在日本，千万不要回国："你和苏米子已经有了孩子，日子和和美美，你一个人回去，岂不是妻离子散？"众人的劝阻，事业和家庭的压力，与他心中报效祖国的力量抵触，但他终于摆脱了各方面的阻力，在 1931 年 3 月毅然回到了离别 12 年的祖国，在浙江大学数学系任副教授。

1937 年，抗日战争爆发。一天，苏步青突然接到了一封特急电报——日本帝国大学聘请他到那里任数学教授，各种待遇都很优厚。面对这些，他没有动心。不久，他又接到了一封特急电报，说他的岳父松本病危，要夫妇俩火速前去见最后一面。苏步青明白，在日寇疯狂侵略中国时去日本，就很难再回国了，而自己为祖国做得还太少。经过思索，他下决心留下。他对妻子说："你回去吧，我要留在自己的祖国。祖国再穷，我也要为她奋斗，为她服务！"妻子被他火热的爱国激情感动了，也毫不犹豫地回答："你不走，那我也不走了，我跟你留下来！"就这样，夫妇俩都留在了中国……

在这个苏步青为积弱积贫的祖国负笈东瀛，继而拒绝优厚条件归国奋斗、再"无情"没能去日本看望病危岳父的感人故事中，还有四个有着深情厚谊，目光如炬的人。

第一个人是苏米子。苏米子才貌出众，弹得一手出色的古筝，还精通茶道，是该校众多大学生心中的"白雪公主"。苏米子心中却只有唯一的"白马王子"——品学兼优的苏步青。于是，苏米子不顾"苏步青是个中国穷乡巴佬，学习好的人不一定将来就会有出息，跟了他是不会有好日子过"的闲言碎语，以及父亲说苏步青是出身卑微的中国人，不能托付终身的劝导，最终和苏步青喜结良缘。这是她的目光如炬。

"我也要到中国去。"苏米子 1931 年在苏步青归国前对夫君坚定地表白，"你爱中国，我也爱中国。"1931 年夏，苏步青回日本接家眷，但几乎所有的人都劝他别回中国。"我爱你，我支持你回中国……"苏米子深情的目光说明了一切。在岳父病危来特急电报时，进退两难的苏步青对米子说："以目前的时局，想来你也理解，我是没有办法回仙台了。还是你去吧，我留在自己的国家。"苏步青万万没想到，夫人的回答竟是如此的果断："我跟着你！"这是她的深情厚谊。

苏米子数十年全力相夫教子，直到 1979 年才第一次回到阔别 43 年的故乡。1986 年 5 月 23 日，苏米子以 81 岁高龄在上海辞世。1997 年春，95 岁高龄的苏步青为夫人深情地吟诵着一段"世纪情缘"："人去瑶池竟渺然，空斋长夜思绵绵。一生难得相依侣，百岁原无永聚筵。"

第二个人是苏步青称为良师益友的陈建功。他曾三度赴日留学，是在日本获得东北帝国大学博士学位的第一个外国人，苏步青是第二个。陈建功先于苏步青离开东北帝国大学时，就深情地约苏步青学成后回来报效祖国。回到阔

陈建功

别多年的祖国，到了杭州，一首《忆江南》从苏步青口中流出："杭州好，驿路到临平。一塔迎人春有影，四围故道梦无声……"最终，他俩一起在浙江大学创立了享誉世界的"微分几何学派"——"浙大学派"或"陈苏学派"，为微分几何学等做出了巨大的贡献，还培养了大量的人才。深受学生和同事拥戴的著名教育家、在多个数学领域都有建树的陈建功教授冲破重重阻力和非议，把数学系的系主任一职让给年仅 30 岁的苏步青，自己退居"二线"的"让贤"故事，更是感人至深，成为长久的美谈佳话。

第三个人是温州中学（苏步青读书时叫浙江省立第十中学）校长洪岷初（又名洪彦远）。苏步青于 1918 年在温州中学毕业时，教育家洪岷初已经调到北平，在教育部任职。可是他慧眼识珠，践行当初要资助苏步青的诺言，特地从北平寄大洋 200 元，让苏步青到日本留学。洪校长还给苏步青寄来了赠言："天下兴亡，匹夫有责，要为中华而奋发！"原来，当洪校长得知苏步青用 20 种不同的方法证明了一条几何定理时，亲自把苏步青叫去，高兴地说："这孩子有出息。好好学习，将来送你去留学。"

当然，像洪岷初这样关心、爱护、教育苏步青的恩师不知有多少。在温州中学教平面几何的陈叔平老师是其中的又一个。他以箍桶匠量直径的例子来讲半圆角是直角，用铅皮自制教具讲解棱锥、圆锥的体积公式等。这些都践行着他对教学的思考，避免学生视学数学为畏途，为包括苏步青在内的学子们日后的成长架桥铺路。

苏步青也不忘恩师，温州中学在 1982 年举行 80 周年校庆时，他手书贺诗："岷老怜我如幼子，叔师训我作畴人……"这里的"岷老"指洪岷初校长，"叔师"指陈叔平老师，"畴人"指古代天文历算的专门执掌的官员（通常世代相传为业）。

苏步青

苏步青在温州中学上初三时，来了一位刚从东京留学归来的教数学课的杨老师。他的第一堂课没有讲数学，而是讲"故事"："当今世界，弱肉强食。世界列强仰仗船坚炮利，对我中国豆剖瓜分，鲸吞蚕食。中华民族亡国灭种的危险迫在眉睫。为了救亡图存，必须振兴科学。数学是科学的开路先锋，为了发展科学，必须学好数学。"杨老师的话深深地打动了苏步青：读书，不仅是为了摆脱个人困境，更是要拯救劳苦大众；读书，不仅是为了个人找出路，更是为中华民族求新生。当天晚上，他辗转反侧，彻夜难眠。最终，杨老师影响了苏步青的一生：他的兴趣从文学转向了数学，并从此立下了座右铭"读书不忘救国，救国不忘读书"。像杨老师和苏步青这样不忘爱国爱民的初心、砥砺前行的知识分子，正是实现中华民族伟大复兴的脊梁！

　　第四个人是浙江大学校长邵裴子（1884—1968）。苏步青回国后，面对的现实却十分尴尬：聘书上写明的月薪大洋 300 元，与以前的薪水相去甚远；更想不到的是，学校经费无着，竟连续 4 个月没拿到 1 分钱！此时他已有了两个孩子，"生存还是死亡，这的确是个问题"。邵校长闻信连夜敲开了苏步青的房门，脸涨得通红："我听说，苏先生准备重归日本……""这实在是面临诸多困难，事出无奈，确有此想法……"苏步青的脸也涨得通红。"不能回去！你是我们的宝贝……"邵校长情急之中脱口而出。"宝贝"二字使苏步青震惊，一股热流刹那间溢满全身。他激动得彻夜难眠，最终决定留下来。几天以后，邵校长亲自为苏步青筹到大洋 1 200 元，解决了他的燃眉之急……

拂去明星的"微尘"之后
——华罗庚提携陈景润

华罗庚也是一位慧眼识珠、提携千里马的伯乐。

华罗庚（左）和陈景润

1954 年（一说 1955 年）的一天，时任中国科学院数学研究所所长的华罗庚，突然收到了一封素不相识的中学数学教师陈景润（1933—1996）的来信。信中说，他精读了华先生的《堆垒素数论》之后，对其中华罗庚还没能完全解决的"塔内问题"的几个地方，提出了一些改进意见，并且说，明星落下的微尘，我愿帮你拂去。信中还附有《塔内问题》的论文。这封信和所附的论文，是经过无数个日日夜夜的苦心钻研，在曾经教过陈景润的李文清老师的鼓励下写成，并通过李文清辗转交给华罗庚的。

1941 年，华罗庚的《堆垒素数论》完稿，但未能在国内出版。在他 1945 年访问苏联的第二年 4 月由苏联科学院出版，1953 年，又出了中文版。该书出版后，国内外数学界赞赏备至，许多结果至今仍被奉为经典，十多年来，没有人提出还有需要改进或者错误的地方。现在，想不到一个当时年仅 21 岁的"无名小卒"竟持异议，这似乎是不知天高地厚的胆大妄为之举，好像应不屑一顾。

那么，华罗庚又是如何对待的呢？

华罗庚看了这个陌生青年大胆而坦率的来信后，既没有因为否定了他的一些结论而暴跳如雷，也没有因为陌生青年是"小人物"而置若罔闻，而是如获至宝，虚心对待，并立即给陈景润回信。他兴奋地说："这个年轻人真有想法！"接着，就向全国数学界推荐陈景润，建议邀请陈景润来北京参加学术会并宣读论文。

王亚南

在北京西苑饭店的一间会客室里，华罗庚见到了腼腆、可爱的青年陈景润。他亲切地对陈景润说："你写的《塔内问题》的论文我看过了，写得很好，很有想法！"

1956年，中科院数学研究所在北京召开了全国第一次数学讨论会，陈景润应邀参加。华罗庚在会上宣布了上述陈景润的有关消息，公开让自己书中的失误"曝光"。这一意外之举令全场震动，旋即掌声经久不息。

1957年9月，华罗庚设法把陈景润从厦门大学调到中国科学院数学研究所当实习研究员，并亲自指导他继续研究数论，最终又成就了一位大数学家。

"有趣"的是，华罗庚在塔内问题上的错误，并没有减弱他和《堆垒素数论》的光辉，而是恰好相反，给这位伟人平添了一种伟大的人格魅力：正视自己的错误，让自己的悖谬点亮真理的明灯，照亮科学之路；并由此为指出自己失误的后人架桥铺路。

陈景润的勇敢和谦逊也令人称道。他既没有因此全盘否定华罗庚及他的《堆垒素数论》，而认为这仅仅是"明星"的"微尘"；也没有因为华罗庚是名人大家而缄口不言，而是善意而勇敢地表示"愿帮你拭去"。"愿帮明星拭微尘"，充满着肯定正确、主流，否定谬误、点滴的哲理和诗意，成为广为流传的美谈佳话。

像这样有远见卓识提携陈景润的伯乐，远不止华罗庚一位。原国立厦门大学校长、著名经济学家、马克思《资本论》的翻译者王亚南（1901—1969），是又一位。他深深地了解陈景润这位在1950年高中还未毕业，就考入厦门大学数学系的高才生的价值。1953 年秋，陈景润以优异成绩提前毕业，被分配到北京任中学数学教师，但因不善言辞和交际而在工作、生活中遇到重大障碍，在 1954 年秋被解聘。他毅然把衣食无着而"摆地摊"的陈景润调回母校当图书馆管理员，使他有更加充分的时间和良好的条件，从事自己所擅长的数学研究。我们说王亚南有远见卓识，并非他当时认为陈景润一定会做出巨大成就，而是他那颗热爱学生的赤诚之心——这在厦门大学已是人尽皆知。这种热爱学生的赤诚之心，是战略性的远见卓识——"科教兴国"需要人才，而人才就在这"芬芳的桃李"之中。

华罗庚还是一位知恩图报的人。1950 年春，刚回国不久的华罗庚在北京收到了当年提携他的老师王维克的来信。从信中得知，老师现在家闲居，因无经济收入，衣食已成问题。这次写信，希望华罗庚向有关部门交涉变卖藏书，以解生活之需，同时希望华罗庚向有关方面推荐，使自己一展所长，在有生之年报效国家。华罗庚接到信后，很快回了信，并通过多方努力，商务印书馆很快聘请王维克担任审议员。华罗庚唯恐老师人生地疏，不免寂寞孤独，就在百忙中抽出时间多次到住所探望，还专门开汽车将老师接到自己家中设宴招待。1952 年 4 月，王维克因患直肠癌在金坛去世。华罗庚闻讯泪如雨下，立即写信向师母陈涉致哀，并拜托妻弟代表自己前往老师灵前吊唁。在此之后，他还始终如一地照顾王维克的家属。

王维克是一个付出不图回报的人，但可能他没有想到，20 多年前对华罗庚的提携，却得到了华罗庚的真心回报，于是演绎出一段师生之间的美谈佳话和人间真情。在这红尘扰攘、物欲横流的时代，这种真情更令人神往。于是我们再唱起那一首家喻户晓的流行歌曲《步步高》："说到不如做到，付出总有回报……"

陈景润也是一个感情真挚、不忘恩师的人：王亚南辞世时，他潸然泪下；华罗庚的追悼会开了 40 分钟，他哭了 40 分钟……

"老外"中也有像华罗庚这样的"伯乐"。中国数学家陈省身

布拉施克

（1911—2004）的老师、德国数学家布拉施克（1885—1962）就是其中的一个。1934年9月，陈省身公费留学来到汉堡大学，师从布拉施克。布拉施克把自己的著作和论文给陈省身看。陈省身把看到的布拉施克的论文中的几个小漏洞告诉布拉施克，布拉施克鼓励陈省身写论文填补这几个漏洞。当布拉施克看到陈省身果真把漏洞补上之后，非常高兴和赞赏，并在1936年陈省身公费留学期满后将其推荐给当代几何大师、法国数学家嘉当（1869—1951）。当年9月，陈省身到达巴黎，在嘉当指导下10个月的几何学研究中，得到了更多——例如嘉当的数学语言和思考方式……

就这样，杨振宁就有了"……造化爱几何……欧高黎嘉陈"的诗句，把陈省身列为继欧几里得、高斯、黎曼和嘉当之后最伟大的几何学家。

提携、启迪陈景润的还有1948年陈景润在福州英华中学上高中时的清华大学副教授沈元（1916—2004）。在1973年《中国科学》杂志第2期上，陈景润正式发表了震惊世界数学领域的成果"1+2"。吸引陈景润研究"1+1"的，正是知识渊博的沈元——当年，他为奔父丧来到福州，因交通受阻，当了"临时老师"，就生动地给同学们讲了著名的"1+1"。

在美国芝加哥科技博物馆里，供奉着当今世界88个数学伟人，其中之一就是华罗庚；他还与少数数学家一起排列在美国施密斯松尼博物馆里。而陈景润则"移动了群山"——在哥德巴赫猜想问题上的"1+2"，至今无人能够撼动。我们在提到这些令人羡慕成果时，总是对提携他们的那些伯乐充满由衷的敬意。

有歌曰："梦里的伴侣虽已远离，梦却依然芬芳……"

现在，我们也来一次"鹦鹉学舌"：昔日的"伯乐"和"千里马"已经远去，但他们的美德却依然飘香……

陈省身

两个墓志铭和两块墓碑

——富兰克林"与众不同"

提起杨振宁（1922— ）的大名，我们并不陌生，但对于他的另外一个名字"Franklin"（富兰克林），恐怕知道的人就不多了。这个"老外"富兰克林是谁，杨振宁又为什么要改一个"洋人"的名字呢？

这个"老外"就是美国伟大的科学家和政治家本杰明·富兰克林（1706—1790）。

作为成功的科学家，富兰克林用著

富兰克林做"风筝实验"

名的"风筝实验"和他发明的避雷针……成为 18 世纪最伟大的电学家。

作为成功的政治家，富兰克林是 1776 年美国《独立宣言》的起草委员会 5 个委员之一。

作为成功的文学家，富兰克林的许多著述，情真意切，大气磅礴，开美国散文的先河。他 26 岁时编著的《理查历书》（理查是富兰克林的别名），写下了诸如"常用的钥匙永远闪光""滴水可以穿石""黄金时代永远是现在""空袋难以自立""不要出卖道德去买财富，也不要出卖自由去买财富"等数不清等的箴言警句。于是，美国天体物理学家、科学书作家迈克尔·H. 哈特（1932— ）在《历史上最有影响的 100 人》（*The 100: A Ranking of the Most Influential Persons in History*）一书中说，像他这样"给世人留下如此之多的永志不忘的精美格言的作家寥若晨星"——虽然哈特并没有把富兰克林列入"100 人""正册"之中。

…………

总之，富兰克林在不少于 19 个领域都取得过巨大的成功。他的业绩传播全球，他的美德名扬四海。他在 1776 年担任首届美国驻法国大使到达巴黎后，"巴黎的权贵仕女，都以一瞻风采，一聆言论为荣"——曾因此万人空巷。

科学史家在提到富兰克林的时候，都怀着深深的敬意。一些杰出的艺术家也为他立碑塑像。主要活动在 19 世纪的法国雕塑大师罗丹（1840—1917），曾经在《罗丹艺术论》里，这样评价一座有名的富兰克林胸像："这里还有富兰克林的像：迟钝的神情，肥肥的下垂的面颊——是一位老工人。信徒般的长发，温和善良的性情——是一位很得民心的劝导者，这就是诚实的理查。固执的阔额，向前倾着：这是坚毅的标志。富兰克林以他的苦学、进取，成为著名的学者，到后来解放祖国，证明了这种坚毅……"

富兰克林的自传——《富兰克林传》是一本流传久远的名著，杨振宁在西南联大求学的时候，就读过这本书。他对富兰克林非常崇敬，所以 1945 年到了美国之后，就给自己取了 Franklin（富兰克林）或 Frank（富兰克）的名字。其他人也叫他 Frank。

1790 年 4 月 17 日，大气磅礴地走过 84 载充实之旅的富兰克林溘然长逝，美国人为他们的骄傲致哀了 1 个月。

富兰克林逝世前几年，为自己写了墓志铭："印刷工本杰明·富兰克林的身体（像一本旧书皮，内容已经撕去，书面的印字和烫金

富兰克林

53

也剥掉了）长眠于此，作蛆虫的食物。然而，作品本身绝不会泯灭，因为他深信它将重新出版，经过编者加以校正和修饰，成为一种崭新的更美丽的版本。"——完全没有提他后半生所担任的许多重要职务和获得的许多荣誉。

可是，临死的时候，他又把墓志铭换得更加朴实无华：印刷工本杰明·富兰克林。

好个"印刷工本杰明·富兰克林"，真是"大象无形，大音希声"！

富兰克林的墓碑也有两块，都在费城。第一块立于刚死之后，上面的铭文是上述他临死时自撰的：印刷工本杰明·富兰克林。

后来，许多人觉得上述第一块墓碑的铭文还"不过瘾"，又为他立了第二块墓碑，上面的铭文是法国经济学家杜尔哥的两句话："从苍天处取得雷电，从暴君处取得强权。"这一铭文，简洁地把他的主要丰功伟绩刻画得淋漓尽致。另一种说法是，这两句话是加在第一块墓碑富兰克林自撰的铭文后的。

在"噼啪"的火花面前
——法拉第钻进"电笼"

你看见过高压带电作业吗？为了不停电检修电力设备，必须带电作业。

法拉第

电力工人熟练地爬上电杆，噼噼啪啪的电火花像蛇一样不停地在工人身上滚动。可工人们却依然谈笑风生，"电火飞花"视若等闲，照样检修电力设备……

在带电作业的时候，电力工人要在超高压电路上进行等电位带电作业，必须穿一种特制的保护服。有了这个神通广大的"护身符"，当人进入强电场接触或脱离带电体的时候，才会安然无恙。这种保护服叫"均压服"。

什么是"均压服"？它用什么"高科技"材料制造？为什么有这么大的神通？它是谁发明的？

1836年，英国著名物理学家法拉第（1791—1867）就发现了静电屏蔽现象——前述"护身符"的科学依据，但是，这需要实验来验证。

谁敢把自己放在"电老虎"的"鼻子"底下，冒被"咬"的风险呢？关键的时候，挺身而出的是法拉第。

1836年1月，法拉第做了一个每边长12英尺（1英尺约合0.304 8米）的正方体大木架，再用铜丝将它绕成一个网状的大笼子，笼子与大地完全绝缘，然后把一根连着大起电机的玻璃管直接通进笼内。当开动起电机的时候，笼子上带有很强的电荷，但不管采用何种办法想使笼子内的空气整体带电，都没有成功——这就是静电屏蔽现象。

此时，法拉第索性带着灵敏的电学测量仪器钻进笼子里去，叫人开动起电机，给笼子施加电压——他要在里面做各种试验。周围的人见他要做这么大胆而危险的试验，都劝他不要冒这个险；但他说，没有实验，就不能验证真理，而实验就可能有风险，然后果断地叫人开动起电机，给笼子施加高电压。

随着电压的不断升高，噼噼啪啪的、巨大的电火花不停地闪动——像可怖的雷电一样。外面的一些人都吓得惊叫起来，然而，笼子里的法拉第却安然无恙。他镇定自若地做完了各种试验之后，才走出笼子。

实验结果表明，笼子内确实没有电场，电荷仅存在于笼子的外表上——金属笼子的确有静电屏蔽作用。

后来，这种通过著名的"法拉第冰桶实验"（Faraday's ice pail experiment，电荷只存在于带电导体表面部，外部电荷对任何封闭导体的内部没有影响）之后发明的笼子，被誉为"法拉第电笼"（Faraday Cage）——简称"法拉第笼"。

随着时间的推移，科学家们根据法拉第的这一重大发现，经过不断的试验研究，制成了今天专供带电作业用的均压服等，以及用于静电屏蔽的其他非常有实用价值的设备。

法拉第冰桶实验

均压服又叫"等电位服"或"屏蔽服"。制作均压服的方法有多种，目前国内主要采用的是细铜丝和柞蚕丝混合编织的方法。均压服除了衣、裤外，还包括均压帽、鞋、手套等。穿戴时，必须使各部分之间的电气连接良好，才能确保身体各部位的电位

相等，使工人带电作业时不发生
危险。

德国海姆巴赫（Heimbach）发
电厂用于静电屏蔽的法拉第笼

由于均压服既能屏蔽高压电场，
又有极大地减少通过人体电流的作
用，因此带电作业人员穿上这种均压
服后，可以在50万伏超高压线路上
带电作业。

在当今的许多科学博物馆里，
都有基于法拉第笼原理的高压电笼，供爱好电学的参观者欣赏或
者体验。

勇敢的先行者法拉第啊，我们正在享受您的福祉。

矿工生命重于老师"名誉"
——"安全灯"照出人品

18世纪英国煤炭工业大发展，英格兰北部以煤矿众多著称。矿井空气中含有不少甲烷气（瓦斯），当时矿工照明是用蜡烛，甲烷气遇火即燃，常引起矿井爆炸。例如，1812年的秋天，位于英国盖茨黑德郡的费岭煤矿发生的井下爆炸，就死了92个矿工。

1815年，英国的几个煤矿也发生了大灾难，矿井中瓦斯爆炸事故使数千名矿工丧生。此时，英国知名科学家戴维（1778—1829）夫妇和戴维的学生兼助手法拉第一行，结束了欧洲之行回到英国。

一位大土地主向戴维绘声绘色地描述了矿井爆炸的惨景，同时央求他找出一个预防爆炸的良策。受"煤矿灾害事故预防会"的委托，戴维大动恻隐之心，在伦敦开始了研究。

经过多次试验，戴维最终在1816年12月发明了矿用安全灯。1817年1月9日，他到矿井下试验——下井的人是他的好友华特生医生。他的安全灯是这样的：用金属网把灯火罩起来，让甲烷气在网内燃烧，这就使火焰不会溢出网外，不会引爆外面的甲烷气了。

由于使用了安全灯，矿工在井下的死亡大幅度减小。广大矿工为了纪念戴维的这一发明，就把安全灯称为"戴维灯"，有人还把安全灯的发明和滑铁卢战役的胜利并列称为"1815年英国的两大胜利"。

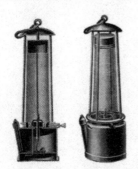

戴维发明的安全灯

戴维欣喜异常地在皇家学会宣读了他发明安全灯的论文。由于这一功绩，戴维获得了伦福德勋章。这里提到的伦福德，是指美国物理学家本杰明·汤姆森（1753—1814）——他在移居德国慕尼黑的时候，被册封为"神圣罗马帝国伦福德伯爵"，还到过英国。

现代充电式安全灯

英国政府还在矿区为戴维开了隆重的庆功大会，各界发表了热情的演说，送了纪念品。

加上戴维在化学领域的诸多成就，1820年，他被选为皇家学会会长，一直当到1827年。

人们还极力劝说戴维申请专利，这项专利将给他每年带来10万美元的收入；但戴维认为，这项工作是为了给人类造福，而不是谋私利的。他说："我的钱已经够用了……更多的财富既不会增加我的名声，也不会给我带来更多的幸福。"

那么，是不是有了安全灯，就可以绝对高枕无忧了呢？

戴维自称这种安全灯绝对可靠，不会引起爆炸。

戴维的学生和助手法拉第在认真检查了安全灯之后，发现它并不是绝对安全，于是，他如实向负责调查矿区危险问题的英国议会委员会做了报告。他说："矿工的生命比老师的荣誉更重要。"

法拉第的美德之一，是心口如一。在英国皇家学会中，当同事们向他征求意见的时候，他往往不是过分地虚伪颂扬，而是十分坦率地给予实事求是的评价，诚恳地指出对方工作中的不足。

安全灯的发明还有一段趣事，从中也可窥见当事人的人品。

也是在1815年，后来成为"铁路之父"的乔治·斯蒂芬森（1781—1848），也在英格兰北部矿山成功研制出另一种安全灯。那么，谁先发明安全灯呢——一场纷争开始了。

皇家学会不得不派专人调查和斡旋。戴维在科技上多有建树，名闻遐迩，形势显然对他有利。果然，调查委员会宣布安全灯的发明人是戴维。于是，矿山主们募集了2000英镑，奖给戴维，以表彰他的创造性和仁爱精神。同时，也奖给斯蒂芬森100多英镑——以示鼓励。

消息传来，斯蒂芬森的工友、同事愤愤不平。他们倾其所有，凑集了1000多英镑，郑重集会，庄重地通过了斯蒂芬森是安全灯首创者的决议，然后把钱赠给了他。

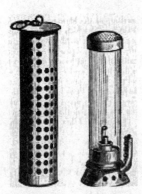
斯蒂芬森发明的安全灯

事实上，斯蒂芬森的安全灯稍早一点；但就科学根据上说，戴维的要好一些。

安全灯的研制还有一位先行者——英国格拉尼博士。他在1813年发明了一种安全灯，但制造和使用都很麻烦，没有得到推广。

这张反对票是谁投的
——戴维如此"提携"法拉第

法拉第一生坚持心口如一，原谅别人对自己的误解和怨恨，是值得赞颂的美德。他没有时间去考虑个人恩怨，而是全身心地投入科学事业。

这在当时却给法拉第造成了许多困难，使他结下了不少的怨仇。

戴维发明安全灯之后，使矿工们摆脱了瓦斯的威胁，得到了普遍的赞誉。

沃拉斯顿

当戴维得知法拉第认为他发明的安全灯并不绝对安全，"矿工的生命比老师的荣誉更重要"时，他对法拉第大为反感。他认为这个从前的"佣人"没有资格对老师这样妄加评论，所以戴维开始对法拉第耿耿于怀。

事情并没有完结。

1823年3月6日下午，戴维在皇家学会宣读题为《论电磁学的一个新现象》的论文。其实，戴维讲的并不是什么"新现象"，而是此前法拉第发现的电磁转动的另一种形式罢了。再说，这种"新现象"，法国物理学家安培（1775—1836）在半年以前就已经发现了。戴维并不知道安培的工作，而且根本不提法拉第的实验和英国物理学家、化学家沃拉斯顿（1766—1828）实验的区别，认为法拉第"剽窃"了沃拉斯顿的成果。

法拉第液化氯气成功，戴维也把它记在自己的功劳簿上。

于是，有人出来为法拉第鸣不平了。尤其是像《哲学季刊》主编菲利浦斯那样的好朋友。法拉第做出了那么多成绩，引起了欧洲大陆各国科学界的重视，可是在这里，依旧只是一个年薪100英镑的实验室助手，并且还要仰人鼻息。

法拉第的朋友们决定为法拉第伸张正义。1823年夏，菲利浦斯等联络了29位皇家学会会员，联名提议法拉第当皇家学会会员候选人。有趣的是：带头签名的皇家学会会员，竟然是遭到法拉第"剽窃"的沃拉斯顿博士。

戴维听到这个消息之后，勃然大怒。提名法拉第为皇家学会会员候选人，居然敢把他这个会长排除在外！戴维是法拉第的老师、恩人，这十年来法拉第所取得的成就，戴维一向引以为豪。虽然近来妒火在他胸中暗暗地燃烧，且法拉第好像也不像从前那样恭顺，使他心里有气，想通过某些途径教训教训法拉第，但法拉第毕竟是他发现的人才，法拉第的一切光荣都是他的光荣；可是现在，提名当候选人这样的大事居然把他撇在一边！

戴维并不反对法拉第当皇家学会会员——法拉第的才能他当然是很了解的。在戴维看来，法拉第现在就当会员，还嫩了点。法拉第还需要再锻炼一阵，然后由他——会长、老师戴维亲自提名。可是现在倒好，他们自己干起来了！

"太狂妄，太狂妄了！"戴维愤愤地说。他在皇家学会所在地萨默塞特宫（Somerset House）的院子里一面踱步，一面跟人争论，说法拉第资历太浅，没有受过什么教育，又说法拉第不诚实……

然而，戴维却忘了自己24岁就当选为皇家学会会员，而现在法拉第已经31岁，忘了自己也没有受过正规的高等教

法拉第在皇家学会实验室

育，忘了自己的过去。

乔治·芬奇

有人说，穷人出身的富人对穷人最刻薄，平民出身的贵族最讲贵族气派。这句并不完全正确的话，对于戴维倒是恰如其分的。十年以前，他还年轻，血气方刚，富有正义感，对于和自己出身相仿、仍在命运怀抱中挣扎的法拉第充满了同情心。经过十年贵族生活，当上了会长，过多的荣誉和享乐使他的灵魂受到毒害，虚荣、嫉妒、势利、专横——身居高位的人的通病，他全都染上了。更糟糕的是，他的身体也越来越坏。他娇媚的夫人只顾自己享乐，出风头，家庭里没有安宁和温暖。戴维的心情不好，容易发怒。现在他是怒不可遏了。

"法拉第先生，"戴维怒冲冲地跑到皇家研究院实验室，开门见山地说，"我觉得你还是晚一些进皇家学会比较好，希望能够撤回你的皇家学会会员候选人资格证书"。

这里要"插播"以引起关注的是，皇家研究院（Royal Institution）与皇家学会（即英国皇家学会——Royal Society，是"主席、协会和伦敦皇家研究员自然知识促进学会"——The President, Council and Fellows of the Royal Society of London for Improving Natural Knowledge 的简称）是两个不同的组织。皇家研究院（Royal Institution）成立于1799 年 4 月 12 日，首届（1779 年 4 月 12 日到 1826 年 8 月 2 日在任）会长（President，也译为主席）是乔治·芬奇（George Finch，1752—1826）伯爵——英国历史上赞助和组织板球运动的重要人物与优秀球员；该研究院最著名的、历史悠久和最有影响并持续至今（从 1825 年开始到 2017 年的近 193 年间，除了 1938 年、1942 年因战争暂停，从未间断）的活动，是以"传播知识，通过课程讲座，促进公众对机械发明和进步、哲学和科学实验，以及为提高生活质量而进行的科学应用与理解"为主要宗旨的"圣诞节少年科学讲座"（后面叙述法拉第的讲演）。皇家学会成立于 1660 年 11 月 28 日，首届（1660—1662 在任）会长（President，也译为主席）是苏格兰军人、政治家、外交官、法官和自然哲学家罗伯特·莫里（Robert Moray，1608 或 1609—1673）爵士——英国国王查理二世（Charles II，1630—1685）的近臣。

法拉第正在做实验，看到戴维进来，正想跟他打招呼时，就听到他提出的无理要求。法拉第没有立即回答。

这些年来，他一直克制自己，告诫自己：忍耐，忍耐！十年前戴维让他当听差，他忍住了；戴维含沙射影攻击他"剽窃"沃拉斯顿的成果，他忍住了；氯气液化成功，戴维抢功，他忍住了……但是，忍耐是有限度的。

法拉第抬起头来，直视着戴维。四道愤怒的目光像刀剑一样相遇了。法拉第脸色苍白，两片刚毅的薄嘴唇微微颤动。他的忍耐到了尽头，感情即将冲破理智的束缚，愤怒即将爆发；但是就在那最后一秒钟，他的理智控制住了感情。他强压住愤怒，冷冷地说："戴维爵士，我既没有提名自己当皇家学会会员候选人，也没有呈交什么证书，我有什么可以撤回的呢？"

"一世师生，形同陌路。"恍如隔世的戴维万万没有料到，这个小小的助手竟敢拒绝他的命令。他气得一时不知道怎样回答才好，但他敏捷的才思让自己很快就下了第二道命令："既然你自己不能撤回，法拉第先生，那我请你转告那些提名你当候选人的会员，请他们撤回对你的推荐。"

这时，法拉第已经恢复了平静。他低下头去继续做实验。他边做边说："据我所知，他们不会这样做的。"

一个专断的父亲，他的话对于儿子就是命令、法律，如果儿子一再抗命，他对儿子的关

戴维

心和爱就会统统转变成愤怒和仇恨。戴维过去关心过、爱护过法拉第，但是此刻他对法拉第只有仇恨了。他狠狠地瞪了法拉第一眼，咬牙切齿地说："那好，我作为皇家学会会长，我亲自来撤销你的候选人资格。"

"戴维爵士，"法拉第头也不抬地说，"我相信你一定会做对皇家学会有益的事。"

孤家寡人的戴维，尽管拥有权力和地位，但是却没有取消法拉第的候选人资格的权力。他只能采取拖延的办法，拖了半年，直到1824年1月8日才进行选举。最后，法拉第在只有一张反对票的情况下当选为皇家学会会员……

那么，这张反对票是谁投的呢？从当时的情况分析，只能是会长戴维投的。

伟大的科学家戴维，因为这一张极不光彩的反对票而青史蒙羞！这应了一句名言："嫉妒之火想烧灭别人，最终却烧毁了自己。"

戴维嫉妒法拉第所造成的损失是难以估量的，不仅使戴维本人声誉受损，更使法拉第的科学事业倍受阻挠，直到戴维于1829年去世。

然而，法拉第对他的老师却毫无怨恨之情。当戴维逝世的时候，法拉第还指着戴维的画像，用激情四射的颤抖声音对同事们说："我的朋友，这是一位伟大的人！"

"剽窃案"破获之后

——戴维如此"善待"法拉第

1821 年 4 月的一天，沃拉斯顿兴冲冲地来到皇家学会实验室找戴维，从口袋里拿出一张画着一个草图的纸。他向戴维说，照他图上画的那样做——在两个金属碗中间夹一根直导线，通上电流，然后拿一根磁棒移近导线，导线就会绕着自己的轴旋转起来。沃拉斯顿要戴维马上帮他一起做实验，但是，试了好几次，可能出毛病的地方都检查了，但导线就是不转。

英国物理学家、化学家沃拉斯顿是皇家研究院的理事，戴维的老朋友。他以研究贵金属出名，在 1803 年和 1834 年发现两种新的金属元素钯和铑，发明过一种拉白金丝的新方法，拉出了直径不到 10 微米的白金丝……这些成就使他誉满全欧。

1820 年 7 月 21 日，丹麦物理学家奥斯特（1777—1851），把他

沃拉斯顿

发现的磁针在通电导线周围旋转的 60 多次实验，以"电的冲突对磁作用的实验"为题，用拉丁文公开发表，揭开了研究电和磁的关系的序幕。接着，法国物理学家安培（1775—1836），在同年 9 月 18 日公开表演了他发现的两根通电导线互相吸引或排斥的实验……当时研究电和磁的关系成了热点。沃拉斯顿和戴维（及助手法拉第）的上述实验，就是在这种背景下做的。

沃拉斯顿和戴维做实验的时候，戴维的助手法拉第刚好有事出去。等他回来，他们已经做完实验，收拾好仪器，在讨论通电导线为什么不肯

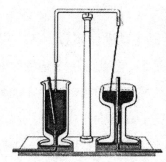

原理图：原始"电动机"旋转不停。"实验成功了！"

转了。奥斯特的实验证明，通电导线有对磁针的偏转作用。有作用就有反作用，好像通电导线理所当然地应该转动，可是，为什么此时通电导线不转呢？法拉第仔细听了两位大科学家的讨论，他没有说什么。

法拉第早就对"电"感兴趣，十几年前他打工的时候，在里波先生的铺子楼上摆弄过伏特电池、莱顿瓶……那噼噼啪啪冒火花的情景，至今仍旧历历在目。到了皇家研究院的实验室以后，他整天忙着做化学实验，反而把研究电的事搁在了一边。今天戴维和沃拉斯顿的这场讨论，点燃了他重新研究电的熊熊烈火。

他要做沃拉斯顿和戴维没有做成功的实验。

后来，沃拉斯顿请法拉第帮忙，想办法减小导线和铜碗之间的摩擦，但是也没有成功。法拉第手里拿着磁铁、磁针，站在一根通电流的导线旁边，一边比画，一边寻思。

怎样才能使通电导线旋转呢？先看看奥斯特的通电导线怎样使磁针偏转吧。法拉第手拿磁针，绕着导线转。这样，这样，这样……一根磁针是这样，如果导线周围有许多根磁针，它们就会形成一个个圆，这些圆向着同一个方向。对，原来磁针是"想"绕着通电导线转呢！既然磁针"想"绕导线转，导线当然也"想"绕磁针转，这就是作用和反作用的关系。法拉第豁然开朗。

原来，沃拉斯顿和戴维弄错了，不是通电导线绕着自己的轴转，而应该是通电导线绕着磁铁的磁极转——应该是"公转"，而不是

"自转"！

想通了道理，就马上动手做实验。1821年9月3日，在皇家研究院的实验室，法拉第终于想出了一个绝妙的办法。在一个玻璃缸的中央立着一根磁棒，磁棒底部用蜡"粘"在缸底上。缸里倒上水银，刚好露出一个磁极。把一根粗铜丝扎在一块软木上，让软木浮在水银面上，导线下端通过水银接到伏特电池的一个极上，导线上端通过一根轻软的铜线接在电池的另一个极上。这样，立在水银面上的导线中就会有电流通过……法拉第接通了电源——世界上第一台能不停地旋转的原始"电动机"就这样诞生了！在场的还有乔治——法拉第新婚爱妻莎拉·法拉第（1800—1879，婚前名莎拉·巴纳德）的弟弟。

法拉第本来想将自己的实验结果讲给沃拉斯顿和戴维听，但是他们两人都外出了。同时，法拉第的朋友们都劝他将自己的工作立刻公之于众，否则，正在研究这个问题的安培等人一旦抢先公布了成果，就要走在法拉第的前头。这样，法拉第就同意了他的朋友的建议，将他的实验报告发表了出来。他自己终于抽出了一点时间，陪着在1821年6月12日结婚后已经3个多月的新娘，去布顿赖梅滨度"蜜月"去了。

不料，法拉第的成功，不但没有得到赞赏，反而遭到指责。皇家学会的会员议论纷纷，还有人在报纸上发表文章，指责法拉第"剽窃沃拉斯顿的研究成果"。

法拉第度假回来知道后，十分痛苦。他的荣誉、人格有生以来第一次受到了怀疑和玷污。于是，他立刻去找沃拉斯顿解释。沃拉斯顿完全没有参与指责，他到实验室观看了法拉第的演示，并对法拉第的成功表示祝贺。他坦率地承认，自己是在从事电和磁的研究工作，但是从不同的角度，

1821年结婚的法拉第夫妇

因此，法拉第并不能从他那里借用到什么。

法拉第用过的设备，在皇家学院的玻璃橱窗里展出

其实，法拉第与沃拉斯顿的实验，不但方法、技巧、仪器不同，连理论解释也不一样。这一点戴维最清楚。法拉第起初想指望他的老师能够站出来，替他说句公道话。戴维作为第三者，知情人，又是科学界的权威，只要他说句公道话。这桩"案子"将立刻真相大白——法拉第的"剽窃"实际上是有人"诬陷"。然而，法拉第等来的却是戴维的沉默，可怕的沉默——有时候，这比恶毒的语言更恶毒。

究其原因，后来终于发现，依然是那害人的嫉妒，可怕的嫉妒！是嫉妒使戴维这位伟人当了小人。

多少年来，法拉第对戴维无限崇敬：既有对恩人的感激，对老师的敬爱，也有对天才的崇拜。然而，当戴维得知法拉第在他失败的领域取得了成功的时候，虚荣心就受到了严重挫伤。他看到学生超过了老师，区区小实验员超过了堂堂大科学家，因而产生了嫉妒。

那么，散布流言蜚语的始作俑者是谁呢？

沃拉斯顿到皇家研究院实验室做电磁转动实验时，只有沃拉斯顿、法拉第和戴维三个人在场。从沃拉斯顿对待法拉第的态度看，散布流言蜚语的不会是沃拉斯顿；况且，在大家议论纷纷的时候，他外出还没有回来。

那就只有戴维了。他是皇家学会会长，又是爵士，交游最广，除了他还有谁知道沃拉斯顿在皇家研究院实验室里的实验，除了他还有谁有那么大的煽动性呢！

嫉妒蒙住了戴维的眼睛，使他无视法拉第实验与沃拉斯顿实验的根本区别，看不到法拉第一贯为人诚实、谦虚的事实；他还担心学生会超过老师。

戴维的"暗度陈仓"，是对法拉第的当头一棒，使法拉第后来一直要小心翼翼地发表进一步的电学成果，而不能立刻趁热打铁，将最初成功的研究继续下去。在戴维的阴影笼罩下，法拉第的自尊心一度受到极大的挫伤，积极性也受到极大的压抑，甚至不得不放弃电学实验，转向研究用钢与其他金属做成合金以改善钢的性能，和光学玻璃的制造等课题。解决这些工程上的问题，浪费了法拉第许多时间和精力，再也没有取得先前那样的成就。因此，有学者认为："法拉第的天才，花在应用科学方面，实在没有充分的发展。他的特长要到未知的境界，即光明和黑暗相连的地带，才能充分表现出来。他长于发现，而不是当发明家。"

由于戴维的打击压制，法拉第只好回避到这种既无特长，又无兴趣的领域勉强地继续工作了十年。当然，在这些年里，他也并不是完全没有收获，例如于1825年首先发现了碳氢化合物苯（他当时称为"重碳化氢"），等等。如果是一个比他略为逊色的科学人物，得到这些成绩也就足以自豪了。后来的历史证明，法拉第是一位比戴维还要重要的伟大科学家，他本来完全可能做出更多的成就，但实际上却没有，对此，戴维负有相当大的责任。

由于戴维巨大的社会影响，对法拉第不利的社会环境一直持续到1829年——沃拉斯顿和戴维这两位科学权威在1828年和1829年相继去世。只有在这时，法拉第才得以重新进入电磁学领域，因为再也不会有人攻击他"侵权"而花精力、时间去避嫌了！

英国哲学家弗朗西斯·培根（1561—1626）曾经说过："一个后起之秀是招人嫉妒的，尤其是受那些贵族元老的嫉妒，因为……别人的上升足以造成一种错觉，使人觉得自己仿佛被贬低了。"

看来，戴维被他的老祖宗言中了。在这一点上，戴维还不及他的老祖宗。

液化气体方法发现之后
——戴维为何抢头功

1823 年 3 月 6 日一早，约翰·艾尔顿·帕里斯教授就收到法拉第派人送来的一张便条：

亲爱的先生：

昨天你注意到的"油迹"原来是液态的氯。

——你忠实的法拉第

帕里斯坐在沙发上看便条的时候，法拉第又在实验室里开始了一天的工作。过了一会儿，戴维来了。他询问了法拉第的工作情况，叫法拉第把昨天的实验重做一遍。

马伦，马伦于 1792 年研制的用于加压的空气泵

法拉第的实验刚做完，戴维就向他解释他的实验为什么会取得成功——原来昨天晚餐桌上陷入沉思的那一会儿工夫，戴维已经悟出了其中的道理。

气体温度低于沸点之后，就会成为液体。在 18 世纪初，人们还得不到很低的温度，因此许多气体不能被液化。到了 18 世纪末，荷兰物理学家、医生、发明家、教师马伦（1750—1837）率先用加大压强的方法把氨气变成液体。从此，加压和降温"双管齐下"就成为将气体液化的又一方法。

固体氯水受热，就放出氯气。因为试管是密封起来加热的，所以氯气的压强很大。试管的一端加热，另一端却是冷的，如果把它放在冰水里，它就会保持在 0 ℃。高压和低温，这是把氯气液化的两个条件。这个实验创造了这两个条件，所以成功了。不但氯气可以这样液化，其他气体也可以这样液化。

"你去拿一个结实的大试管来，"戴维对法拉第说，"在里面装上氯化铵和硫酸。"戴维所说的这些，法拉第昨天就搞懂了，但是他仍旧按戴维老师吩咐他的去做。

$$2NH_4Cl + H_2SO_4 \xlongequal{\triangle} (NH_4)_2SO_4 + 2HCl \uparrow$$

（氯化铵）（硫酸） （硫酸铵） （氯化氢）

加热产生的高压氯化氢气体，在试管的另一端被冷却成了液态氯化氢。就这样双管齐下，又一种气体被液化了。

1823 年 3 月 13 日，法拉第在皇家学会宣读了《论液态氯》的论文。主持论文宣读会的是皇家学会会长戴维爵士。按照当时的习惯，助手的研究报告和论文必须经过有关的教授过目审阅。《论液态氯》事先也送给戴维看过。对这类过目和审阅，法拉第很谦虚地说，这对我帮助很大，纠正了我不少语法错误和用词不当。

可是这一回"过目"，却不限于语法和修辞了。戴维在论文的开头加了一段开场白，强调他本人是这次研究工作的发起人。在结尾的地方，又如下加了一个很长的注解："我请法拉第先生把氯水的晶体放在密封的玻璃试管里加热，当时我想到，可能发生下列三种情况：一是固态氯水熔化成液态氯水；二是氯水被分解，同时生成优氯酸和盐酸；三是氯气被液化游离出来。结果，发生了第三种情况。显然，这个结果导致

有面包，有菜，还有……

同类型的其他研究。我请法拉第先生……把这些实验推广……并且提出这些实验的某些具体应用。"

注解的开头强调是他——戴维设计的实验，结尾注解也是他——戴维事先就料到了结果。于是再清楚不过了——双管齐下液化气体的方法是他戴维发明的，其他气体的液化方法全都是他发明的。

其实，戴维身为会长，又是贵族，许多时间要消磨在交际应酬上，哪里有空整天和法拉第一起做实验呢？当然，只能由他出主意，法拉第动手干。

如果戴维不吩咐，不出主意，法拉第也会自己去干的。自从1823年3月5日以来，关于气体液化问题的一切成果，都是他独立做出的。法拉第整天埋头在实验桌上，到了吃饭的时候也不上去。从背后传来了妻子莎拉银铃般的声音："迈克尔，迈——克——尔——吃饭了！"

"好，好……"法拉第"言行不一"——身子一动也不动。

莎拉看了他一会儿，转过身去，"轻轻地走了"——就像她"轻轻地来"。过了几分钟，莎拉又"轻轻地来"了。她端着一个大盘子，上面有面包，有菜，还有汤……

读者朋友，你说谁应该有头功？

1824年，法拉第在《科学季刊》上发表一篇文章，开头就说："当我首次观察到氯气液化的时候，我不知道在称作"气体"的那类物质中曾经有过转变成液态的；直到最近，我仍然不知道。然而，这个星期我查了一下，我想，也许曾经有过这样的结果。我惊讶地发现，果真有若干记录在案。"

由此可见，法拉第应得头功。

接着，法拉第引证了英国化学家诺思莫在1805—1806年所做过的实验。证据确凿，早在十几年以前，氯气就曾经被液化过。

法拉第发表的这篇文章，对戴维抢夺氯气液化法的发明权，无疑是当头一棒。

不图虚名要事业
——法拉第两拒"高官"

大仲马

1854 年，英国皇家学会第 28 届（1848—1854 在任）会长威廉·帕森斯（1800—1867）第三代罗斯伯爵（3rd Earl of Rosse）辞职，学会会长职位空缺。1857 年，皇家学会学术委员会一致认为，如果能请德高望重、深受拥戴的法拉第教授出来继任会长，那是再理想不过的了。

是的，法拉第当会长是众望所归。

法拉第制成了第一台电动机的雏形。他也是第一台发电机模型的发明者——其原理电磁感应定律，是他科学上对人类的最大贡献。这两项发明渗透了近现代的"电"社会。电、磁力线和场的思想表明，他不仅是伟大的实验物理学家，还具有深刻的物理思想。法拉第电解定律，和其他许多化学上的成就，确立了他杰出的化学家的地位。

更为重要的是，他坚韧不拔的精神和淳朴无私的人格……使许多人倾倒——许多著名科学家、作家等都以能和他结识为荣。

"我不知道是否会有一个科学家，能够像法拉第那样，留下许多令人惬意的成就，当作他赠予后人的遗产而不自满……"和他同时代的法国作家大仲马（1802—1870）曾慨叹，"他为人异常质朴，爱慕真理异常热烈，对于各项成就，满怀敬意。别人有所发现，力表钦羡；自己有所得时，却十分谦虚。不依赖他人，勇往直前。所有这些美德融合起来，就使这位伟大物理学家的高尚人格，添上了一种罕见的魔力。"

于是，在 1857 年的一天，皇家学会学术委员会派出了几名代表——其中有帕森斯之后的第 29 届（1854—1858 在任）皇家学会会长约翰·罗特斯利（1798—1867）勋爵，以及和法拉第在皇家研究院的同事、物理学家丁铎尔（1820—1893），请他们前去劝说法拉第接受这一个英国科学家所能享受的最高荣誉。

法拉第知道自己脾气急，所以有意培养起一个习惯——在决定重大问题之前，总要先细细考虑一番。这次也不例外，他请求朋友们容许他晚一点再答复。

第二天早晨，丁铎尔匆匆赶到法拉第的家。法拉第看到自己的年轻朋友脸上露出焦急的神情，就问他是什么原因。

丁铎尔回答说："法拉第教授，我怕你拒绝昨天学术委员会代表向你提出的希望。"

"你总不至于来催促我担任皇家学会会长的职务吧！"法拉第微笑着说。

"我不仅要敦促你——法拉第教授，而且我还认为，这是你义不容辞的责任。"

"亲爱的丁铎尔，"法拉第说，"领导皇家学会可不是一件轻松的事情。你知道我心直口快，脾气又急。我不会马马虎虎，随随便便附和大家的意见。要是我真的当了会长，肯定会提出新问题和改革意见。人家不愿意改，我偏要改，弄得大家都不痛快，这又何苦呢！"

"法拉第教授，如果你提出要进行改革，诚然有些老人会反对你，但是年轻人会支持你的。皇家学会是有活力的，它不会故步自封。"

这个时候，法拉第的夫人莎拉进来了。她还没有来得及

皇家学会学术委员代表劝说法拉第……

向丁铎尔打招呼，法拉第就向她求援。

"莎拉，你来得正好。这位年轻人一定要我去当皇家学会会长，你的意见怎么样？"

"我看你还是不当为好，"莎拉说，"迈克尔，你太单纯，太固执，再说，你也——太老了。"

丁铎尔不同意莎拉的意见。他继续劝说，法拉第是当今世界上最伟大的物理学家、化学家，他出任会长将提高皇家学会和英国科学界的威信。

可是，法拉第还是不愿意。

那就再讨论下去。法拉第说："丁铎尔，我是个普通人，到死我都将是个普普通通的法拉第。现在我来告诉你吧，如果我接受皇家学会希望加在我身上的荣誉，那么我就不能保证自己的诚实和正直，连一年也保证不了。"

面对花团锦簇般的荣誉，法拉第始终虚怀若谷，从来不把自己看成一个伟人，他婉言谢绝了同事们的好意……

结果，生理学家、外科医生本杰明·科林斯·布罗迪（1783—1862）第一代男爵担任了第30届（1858—1861在任）英国皇家学会会长。

1860年，布罗迪表示将在第二年辞去英国皇家学会会长的职位。于是，大家再次推荐法拉第出任会长。一个没有受过正规教育的，按周拿工资的最低级实验助手，能登上科学的顶峰，当上会长，这将传为科学史上的佳话，也将是学会的光荣，但是，法拉第又谢绝了朋友们的好意。

法拉第不但拒绝当"高官"，还拒绝英国政府的封爵

法拉第1856年的"圣诞节少年科学讲座"：听众挤满了皇家研究院讲演大厅

和特别年金。

其实，法拉第两拒"高官"的主要原因是，他要用有限的时间和精力，去做一些更重要的事——科学研究和公益事业。

法拉第讲《蜡烛的故事》

事实的确是这样。法拉第虽然没有当"官"，但政府有求于他的，只要能够办到、对公众有利，他从不推辞，尽力去做。他是海军部的顾问，也是英国专门管理灯塔、领港等事务的海务局的科学顾问。内政部、林业部来向他请教，建造大英博物馆圆形大阅览室遇到了技术问题，煤矿发生了爆炸……也来征求他的意见。

法拉第非常热心科普工作，在1825年任皇家研究院实验室主任后不久，就发起了"星期五晚间讨论会"和"圣诞节少年科学讲座"。他在100多次"星期五晚间讨论会"上做过讲演，在"圣诞节少年科学讲座"上讲了19年。他深入浅出、重视实验的讲演，深受大众喜欢。《蜡烛的故事》成了他讲演的"保留节目"，后来被英国物理学家、化学家克鲁克斯（1832—1919）汇编成书……

在皇家学会的历史上，婉拒会长的不止法拉第一个人。1680年，化学家波义耳（1627—1691）被选为会长的时候，他也为了规避繁杂的一般事务，潜心科学研究，没有就职。为了从事平静高尚的科学研究工作，他甚至终身未婚。

当然，拒"高官"和是否浪图虚名、热心公益、潜心科学、体现道德等之间并没有因果关系或必然联系，而是看当事人怎么想，更重要的是——怎么做。

花发南欧果结英伦

——普利斯援手马可尼

············

再见了，三山村，在那儿

快乐曾多少次将我欢迎！

难道我领略了你的甘美，

只是为了和你离别终身？

用俄国诗人普希金（1799—1837）的《再见了，忠诚的橡树林……》这首诗，来描写22岁的意大利无线电发明家古格利尔莫·马可尼（1874—1937）于1896年初登上邮船，离开意大利去英国的心情，是再恰当不过了。当然，此时他的心中还有喜悦。

为什么马可尼一方面要依依不舍地离开可爱的祖国，而另一方面又乐不可支地去英格兰呢？

1895年夏，马可尼已能将信号从住房发射到花园的接收机上，夏天又把传送距离扩大到2.7千米。初步成功和经费紧缺促使他写信向意大利邮电部求助，但没有得到支持。不但如此，当时竟有一家报纸讥讽马可尼为"不玩猴子的卖艺人"。于是，马可尼向他的家族的"另一半"求援。

原来，马可尼的父亲朱塞佩·马可尼（1823—1904）是意大利人；母亲安娜·芬维

马可尼

普利斯

克·马可尼（1840—1923，婚前名安妮·芬维克·詹姆森）有爱尔兰血统，她的侄儿亨利·詹姆森·戴维斯（1866—？）在英国。他和英国科学界和工商界都有联系，对马可尼的发明也很感兴趣，就向他的朋友、英国邮电总局的工程师（从 1892 年起任总工程师）普利斯（1834—1914）博士写了一封推荐信。发明家普利斯也在研究无线电通讯，曾通过水域发送无线电信号——1892 年就在布里斯托尔海峡发射了 4 千米以上的距离，但是他的研究没有实质性进展。

1896 年 2 月，马可尼到达伦敦。由于两年前曾发生过暗杀法国总统的事件，所以在伦敦港要进行严格的海关检查。检查人员见马可尼提的箱子有点特别，就上来盘问。马可尼告诉他们说，这是无线电发报机。海关人员从来没有听说过这个玩意儿，就把箱子翻来倒去地检查，慌乱之中，箱子也掉进了大海……

带着亨利·詹姆森·戴维斯的推荐信，马可尼去英国邮电总局找到了普利斯。身居要职但从不居功自傲的电信界权威普利斯，没有嫌弃"一无所有"的马可尼，也没有因为自己在无线电研究方面落后于马可尼而心存嫉妒，而是感到由衷的高兴。听了马可尼的自我介绍后，马上安慰他："你的无线电报，我早有所闻。只要有你的脑袋，就不愁造不出更好的无线电发报机来。"

普利斯不但替马可尼宣传，而且还为他争取到了政府的资助。在这位"伯乐"的支持下，1896 年 6 月 2 日，"千里马"马可尼的发明就取得了英国政府的专利。

1896 年 12 月 12 日，伦敦科技大厅座无虚席，英国电信界权威普利斯做完了无线电的科普讲演之后，就把马可尼和他的无线电报机介绍给大家，并当场做了表演，使"整个大厅

伊曼纽尔三世

变得比游艺场还热闹"。

1897年5月11日和18日，马可尼和乔治·肯普完成了首次不用导线，就把信号传过英国一个海湾的壮举。半个世纪以后，英国当局还在实验地点举行了隆重的纪念仪式。在举行仪式的教堂里，陈列着一块古铜色的纪念屏，上面记载着这件事。

埃琳娜女王

…………

意大利开出的红红的花，在英格兰结出了累累的果。

"蜀中峨眉天下秀，何必出海寻蓬莱。"看不到本国还有"秀甲天下"的"峨眉山"的意大利人，此时懊悔不已。于是，亚平宁人来了一个"亡羊补牢"——1897年6月，意大利驻英使馆通知马可尼，意大利国王（1900—1946在位）Vittorio·伊曼纽尔三世（1869—1947）邀他回国。

1897年6月，马可尼荣归故里——回意大利建了一座陆上电台，与军舰的通讯距离达到19.2千米。

1929年，伊曼纽尔三世与王后（1900—1943在位）——黑山埃琳娜公主即后来的意大利的埃琳娜（1871—1952）女王接见了马可尼，并兴致勃勃地看他表演，还代表政府封他为侯爵。就这样，意大利人也尝到这"南欧花－英伦果"之"甜"了，也不会再嫌弃这"不玩猴子的卖艺人"——在他死后为他建立了不少纪念牌匾！

现在我们用"掌中宝"问"喂，喂，你到哪里了？"的时候，就会想起铭记在心中的马可尼，当然——也不会忘记普利斯。

A GUGLIELMO MARCONI
INVENTORE DELLA RADIO
L'OPERA DI SANTA CROCE
NEL PRIMO CENTENARIO
DELL'INVENZIONE
POSE QUESTO RICORDO
MDCCCXCV - MCMXCV

纪念马可尼的牌匾：在意大利佛罗伦萨大殿圣十字教堂

谁为"呆子"启蒙

——爱迪生慈母南希教子

我们认识爱迪生（1847—1931），是从他的幼年时代开始的。爱迪生好奇心特别强，什么事都想亲自试试，闹过不少笑话。最著名的是，在他4岁的时候，捅野蜂窝被蜇和孵小鸡的故事。

说起爱迪生，我们都知道他是"发明大王"：他在专利局登记过的发明就有1 328项，1882年每两天半就有一种新发明。有人估计，加上未公开的和放弃专利的，有近2 000种。

这位发明大王只在学校读过3个月的书，另外没有受过正式的学校教育。那他的启蒙老师是谁呢？

爱迪生出生于美国俄亥俄州一个叫米兰的小镇。爱迪生在兄弟姐妹中最小，排行第七。父亲山墨尔是个勤快的农民，没有什么文化，但母亲南希曾经当过小学老师。

爱迪生从小就跟他的哥哥姐姐不同。他喜欢思索，看见不明白的事情就要问，脑子里总是充满了各种问号：为什么不可以把黑夜里的闪电取来供人们照明，钟表为什么能永不休息地走动……父亲常常被问得张口结舌，答不上来，只好叫他去问母亲。母亲研究过儿童心理学，理解孩子的心情，对爱迪生提出来的问题，总是不厌其烦，耐心解答，并设法启迪孩子动脑筋思考问题。

8岁那年，爱迪生上学了。他求知欲很强，对老师讲的每一个问题，总爱寻根问底："2加2为什么等于4？星星为什么不掉下来……"

不巧，爱迪生遇到一位名叫恩格尔的老师，他最烦学生提问题，脾气粗暴，手拿戒尺，动不动就打学生手心，把天真的孩子管教得像木偶一样。这位矮胖秃顶的老师有时被爱迪生问得无言以对，就当众责骂爱迪生是"呆子""傻瓜""低能儿"，说他"不是读书的材料"！

爱迪生心想："哪有这么教人的？这比妈妈差远了！"由于对胖老师的行为非常反感，对这种枯燥的讲课更是没有兴趣，因此学不进去，考试成绩在全班是倒数第一。于是，3个月后，就被老师"遣送回家"。南希觉得老师太不了解学生的心理特点了，建议老师改变教学方法，结果惹得老师大发雷霆。

爱迪生退学回家以后，母亲成了他的老师。从此，母亲除了料理家务，还挑起了教育爱迪生的重担。母亲性情温和，她了解孩子的性格，又有教育经验。根据儿子的爱好和特点，母亲先教他英文和算术，接着就教物理与化学，并且常用提问题、讲故事等方法，来增加儿子的学习兴趣。同样的课本，胖老师讲起来味同嚼蜡，到了母亲这里，就变得引人入胜、妙趣横生了。

在母亲的循循善诱下，爱迪生进步很快。两年以后，原来的同班同学还在跟着老师学"小猫""小狗"……他却开始阅读《英国史》《罗马帝国兴亡史》《世界史》《大英百科全书》等名著。11岁的时候，爱迪生又读了笛福的《鲁滨逊漂流记》等名著，读了牛顿和法拉第的科学著作，以及关于物理、化学方面的科普读物《博物教科书》。

母亲逐渐发现儿子特别喜欢化学和物理，于是又专程上街买了《派克科学读本》给他。这本书专讲物理和化学上的实验，有说明和插图。爱迪生读了之后，高兴极了。他照书本亲自动手做实验，增长了不少知识和实验技能，为他以后进行发明打下了基础。

对儿子做实验，妈妈也很支持，就把地下室给11岁的儿子爱迪生，做了"专门"的"实验室"——爱迪生从此开始了"职业发明家"的生涯。

1871年4月9日，爱迪生收到父亲拍来关于母亲病故的电报。顿时，母亲慈爱的面容，童年时母亲灯下教读的情景，一齐涌上了心头。爱迪生急忙赶回家中，扑在母亲的遗体上号啕大哭。他觉得只有加倍努力工作，多发明对社会有用的东西，才是对母亲最好的纪念。

成名不忘结发妻

——贝尔不当"陈世美"

1838 年，莫尔斯发明了实用电报机及电码。不过，电报不能直接传递语言，对这一缺点的改进引起了许多发明家的兴趣。1877 年（一说 1882 年）加入美国籍的苏格兰发明家亚历山大·格雷厄姆·贝尔（1847—1922）就是其中之一。

贝尔　　　　沃特森

贝尔于 1873 年 3 月专程到华盛顿去，把发明电话的想法告诉当时已是德高望重的大电学家约瑟夫·亨利（1797—1878），得到了他的鼓励。回到波士顿后，贝尔就专心学习电学知识，正式搞起有关电话机的实验研究。贝尔碰巧邂逅了一个 18 岁多的美国年轻电气技师托马斯·奥古斯都·沃特森（1854—1934），两人一见如故，后来成为一生的合作者和好朋友。

贝尔与后来也成了发明家的沃特森经过无数次艰苦的实验，终于在 1875 年 6 月 2 日晚上发明了电话机。双方热泪盈眶地喊着对方的名字，相互热烈拥抱祝贺！

贝尔 1876 年 2 月申请的电话机的专利，在 3 月 7 日获得批准，编号为 174465。

贝尔获得电话专利后不久，费拉德尔菲亚市百年纪念展览馆展出了他的电话并得了奖；但东方联合电报公司只花 10 万美元买他的发明权，却不买他的电话机。他只好于 1877 年 7 月中旬成立自己的公司——1881 年正式成立的贝尔电话公司的前身。为此，他曾艰难地募捐、讲演、宣传。好在

纪念贝尔的邮票：1940 年发行

他的岳父——后来任贝尔电话公司首任总裁的美国国家地理学会的创始人、律师、金融家、社会活动家加德纳·格林·哈伯德（1822—1897）慷慨解囊捐赠，才使公司得以成立。哈伯德的两个孩子（其中的一个就是下述贝尔的妻子哈伯德）耳聋，曾得到贝尔的父亲——出生在苏格兰首府爱丁堡的语言学家亚历山大·格雷厄姆·贝尔（1819—1905）的资助，后来哈伯德成为贵族，方能在此时涌泉相报。

随着电话的推广使用，贝尔名扬四海。英国女王维多利亚也慕名接见过他，权贵们的美貌千金小姐也屈尊向他求婚……

出生在美国马萨诸塞州剑桥（Cambridge）市的梅布尔·加德纳·哈伯德（1857—1923），在 5 岁时因患猩红热成了聋哑人。贝尔和她于 1877 年 7 月 11 日在她父母位于剑桥的住所草坪上举行了婚礼，但成名后的贝尔并不弃妻求贵，另择新欢。他说，我之所以能发明电话，也有我妻子的一份功劳，不能忘记她，也不能离开她。

哈伯德

是啊，贝尔终日在实验室搞研究，家里的一切事都难以顾及，全靠妻子操劳。他怎么会忘记这一切，当美国版的"陈世美"呢？

陈世美是明代《增像包龙图判百家公案》等小说，以及《秦香莲》（又名《铡美案》）等传统戏曲中的中了状元、当了驸马就忘恩负义、抛妻弃子的反面人物，其最后被众所周知的北宋名臣——秉公执法、刚正不阿的清官包拯（999—1062）所斩。

"……夕阳有诗情，

黄昏有画意。

诗情画意虽然美丽，

我心中只有您……"

我们把这段深情的歌献给贝尔，是再恰当不过的了。

贝尔还自始至终帮助聋哑人。

由此可见，贝尔不但给了我们"顺风耳"，还给我们留下更重要的美德。

亚历山大·格雷厄姆·贝尔

"五不""四免"的遗嘱

——爱因斯坦临终之际

爱因斯坦

　　1955 年 4 月 18 日 16 时，美国新泽西州特伦顿的火化场小教堂，这里的下午静悄悄——寂静的"告别仪式"默默地进行。"面对骨灰，高尚的人流下了热泪。"（马克思）

　　为了让撒手人寰的死者安静地回到天堂，深邃的寂静只有一次被打破。遗嘱执行者之一、逝者的朋友——经济学家奥托·纳坦（1893—1987）在结束仪式的时候，念颂了德国作家歌德（1749—1832）悼念德国诗人、哲学家席勒（1759—1805）的诗：

　　　　"……我们全部获益匪浅，

　　　　全世界都感谢他的教诲；

　　　　那专属他个人的东西，

　　　　早已传遍广大人群。

　　　　他像行将陨灭的彗星，光华四射，

　　　　把无限的光芒同他的光芒永相连接……"

　　当记者闻讯赶到这里的时候，一切都旧貌依然，好像什么事都没有发生——连骨灰也被撒到不知名的地方……

　　是谁的"葬礼"这么"悲凉"，又是谁这么光芒万丈？

　　是平凡的爱因斯坦的"葬礼"这么"悲凉"，是伟大的爱因斯坦这么光芒万丈。

那怎么把这"悲凉"的"葬礼",与爱因斯坦振聋发聩的大名联系在一起呢?

爱因斯坦生于1879年3月14日。1955年4月18日凌晨1时25分,他的思维发达的大脑,因为拒绝治疗造成动脉瘤破裂,在普林斯顿停止了思维。他的遗体"秘密"运往特伦顿的小火化场火化。

1955年3月18日,爱因斯坦在书面遗嘱上签了字,要求:①把他的骨灰放在不为人知的地方;②不发讣告;③不举行公开葬礼;④不建坟墓;⑤不立纪念碑。这和他在1953年秋回答一个学生的大胆提问时如出一辙。当时这个学生问他:"死后如何处理你的房子?"爱因斯坦顽皮地回答说:"这所房子显然不能成为那些打算看到这位圣人遗骨的朝拜之地。"

爱因斯坦还指定了他的女秘书、他最忠实的合作者海伦·达卡斯(1896—1982),以及奥托·纳坦当他的遗嘱执行人,所有的手稿和信件都送给耶路撒冷希伯来大学。真的是一个——"赤条条来去无牵挂"。

火化时也按爱因斯坦生前的书面遗嘱:①免除所有公共集会;②免除所有宗教仪式;③免除所有花卉布置;④免除所有音乐典礼。

这样,在场的就只有12个爱因斯坦生前最亲近的人:爱因斯坦与他的第一任妻子米列瓦·玛丽丝(1875—1948)所生的大儿子——美国伯克利加州大学的水利工程专家汉斯·阿尔伯特·爱因斯坦(1904—1973)教授,奥托·纳坦和海伦·达卡斯,医生鲁道夫·埃尔曼(Rodolf Ehrmann)教授,爱因斯坦的助手洛特·诺伊施泰因(Lotte Neustein);出生在德国的美国放射医学家古斯塔夫·彼得·布基(1880—1963)博士,他的妻子弗丽达·莎拉索亨·布基(1883—1974),以及他俩的两个

爱因斯坦和他的第一任妻子玛丽丝

87

儿子彼得·亚瑟·布基（1912—1997）和托马斯·李·布基（1918—1997之后）、一个儿媳，爱因斯坦的生前好友保罗·加布里埃尔·奥本海姆（Paul Gabriele Oppenheim）和加布里埃尔·奥本海姆–埃霄拉（Gabriele Oppenheim–Errera）夫妇俩，图书管理员汉娜·范托娃（Hanna Fantova，1901—1981）即汉妮·范托娃（Hanne Fantova）。

爱因斯坦和他的第二任妻子爱尔莎

轰轰烈烈的爱因斯坦要默默无闻地"走"——就像他当初在伯尔尼的小专利局默默无闻地"来"那样，可是他留下的"东西"却不可能悄然逝去，正如法国著名物理学家保罗·朗之万（1872—1946）在1931年所说："在我们这一代物理学家中，爱因斯坦的地位处在最前列。他现在是，并且将来也是人类宇宙中有头等光辉的一颗巨星。很难说，他究竟是和牛顿一样伟大，还是比牛顿更伟大。不过，可以肯定地说，他的伟大是可以与牛顿相比的。照我的见解，他也许比牛顿更伟大，因为他对于科学的贡献更深入到人类思想基本概念的结构中。"

也许，许多人会认为爱因斯坦不轰轰烈烈地"走"，是连死后也不愿让世人为他"付出"——像他生前那样。这种看法非常正确，就像瑞典化学家诺贝尔（1833—1896）所说的那样："不必为死者的荣誉铺张；他们既已失去感觉，对于石建的纪念物，也无从留意，还是救济困乏的活人要紧。"

仅仅这样看是远远不够的——还有更深层次的原因。

出生在意大利的瑞士工程师米歇尔·安杰洛·贝索（1873—1955），是爱因斯坦在1896年10月进入苏黎世工学院（即联邦工业大学）学习后结识的挚友，1904年夏到爱因斯坦任职的伯尔尼工作，也是当时最理解爱因斯坦的人。全欧罗巴都找不到比贝索更好的"思想共振器"了——爱因斯坦说。1955年3月15日，爱因斯坦在发表的所有论文中唯一感谢的人——贝索在日内瓦病逝。3月21日，爱因斯坦写下了悼词："现在，他又比我先行一步，离开了这个奇怪的世界，但这并不意味着什么。对于我们这些笃信物理学的人来说，过去、现在和未来之间的区别，只不过是一种幻觉而已，尽管这种幻觉有时还很顽固。"

这是最难以忘怀的悼词之一，它是由两种特殊的金属熔炼成的合金：高贵的情感和幽邃的智力。它既有对友人深厚的感情，也饱含着深刻的物理学思想。

这也是一位聆听着死神脚步声的老人为自己写的悼词：他先后的两任妻子——米列瓦·玛丽丝和爱尔莎·爱因斯坦（1876—1936）走了，他的妹妹等亲人走了，他的终生挚友贝索也走了，现在该他了。既然过去和未来并无区别，生与死又何足道哉！

贝索死后不到一个月的1955年4月13日，爱因斯坦的腹主动脉瘤就恶化了——此时，他还在改写关于统一场论的著作。医生说主动脉"要破裂"，他回答说："那就让它破裂吧！"他拒绝人为延长生命的手术建议——他要"庄严地死去"，进入不让世人知道的、宁静的天国。

在昏迷之前，爱因斯坦对亲人说："亲爱的，这里的事我都做完了，请不要挂念……"临死前，爱因斯坦对陪伴他的亲人说："我在这里做我的事，你们好好地去睡吧……"

"他……等待死亡的来临，像面对一个即将到来的自然事件。他没有一丝恐惧，静静地、安详地面对死亡的临近。他没有带任何伤感和遗憾离开了这个世界。"与他同住一家医院，并看过他一次的、他的第二任妻子爱尔莎·爱因斯坦带来的继女玛戈特·爱因斯坦（1899或1900—1986，又名玛戈特·马里亚诺夫），在描述他的最后时刻时说。

这太"奇怪"了——正如爱因斯坦所说：这个奇怪的世界。

罗素

其实，这并不"太'奇怪'"。1914年，马克思的次女、60岁的劳拉和69岁的女婿法拉格夫妇，按他们生前"不超过70岁"的约定，双双自杀于他俩在巴黎郊外的寓所——怕70岁以后会成为"社会的累赘"。"已经懂得了什么是人生的快乐和痛苦，做了力所能及的工作，再担心死亡的来临，真是有点可怜。"活到98岁的英国数学家、哲学家伯特兰·阿瑟·威廉·罗素（1872—1970）说，"克服这种恐惧心理的最好方法是……逐渐使你的利益变得广泛，使之超出自我的范围，直到束缚自我的墙壁一点点消失，这样你就感到与宇宙共存了。"

当然，双双自杀的并非"仅此一例"。2007年9月22日，84岁的奥地利（出生在法国）作家、哲学家安德烈·戈尔兹（1923—2007），和他83岁的妻子多琳娜（1925—2007），并肩躺在他的家乡——位于法国东北部奥布河（Aube River）流域的奥布省沃松农（Vosnon）的家中床上服药自杀，完成了"双双化蝶"。一张留给清洁女工别在门上的字条（内容是："通知警察，不要上楼。"）记录了他俩离去的时刻。戈尔兹写给妻子的情书《致D书：情记》（在法国一出版就引起轰动，几周内就卖出了两万册）上写着："你快82岁了……身高缩短了6厘米……可依然美丽优雅，令人爱慕。我们共度了58年的时光，我爱你更胜从前……我们彼此说过，如有来世，还要共度。"

他俩自杀的原因是，1965年，多琳娜接受医生用X射线照相给多琳娜的例行体检时，用的射线造影剂给她带来了致命的伤害。由于射线造影剂可怕的副作用，她被病痛折磨得干枯而瘦小，"想有尊严地死去"——这与爱因斯坦有些相似，而戈尔兹则要和她"共度"……

他俩的结合，是典型的萍水相逢，一见钟情。

1947年冬，24岁的戈尔兹来到了漫天飞雪的瑞士洛桑，正逢一个小型舞会。在温暖如春的屋子里，情人们或相拥而舞，或喁喁私语，而无聊的腼腆小伙戈尔兹只好随几个熟悉的朋友看别人打牌。渐渐地，戈尔兹的眼光不再游离，而是开始注意一个年轻、白净的红头发姑娘。她的双眸像清澈的泉水般纯洁，在赢牌时毫无掩饰的开心微笑……这一切都散发出令人无可抗拒的青春气息。在舞池里，戈尔兹得知她叫多琳·基尔，是英国人。一首舞曲终了后，戈尔兹大胆地约她出去踏雪，她愉快地接受了邀请……

经过两年热恋，他俩于1949年步入了婚姻殿堂。因为戈尔兹研究哲学已经痴迷，为了与萨特和左派思想中心靠得更近而移民巴黎。按照法文的拼写，多琳·基尔也改名为多琳娜……

好了，再"书归正传"——回到爱因斯坦等待死亡来临的事情上来。

由此可见，这"更深层次的原因"在于世界观和生死观的升华。爱因斯坦、法拉格夫妇、罗素这些"超一流棋手"，才能下出人生的"宇宙流"——他们犹如天马行空，已经把自己与天地融为一体了。既然这样，还要那苟延残喘的肉体、可能会"累赘""社会"的葬礼、仪式、花卉和音乐……干什么？干什么！

思想家，思想家，我们经常在说思想家。这就是思想家——把生死置之度外的思想家，视死如生的思想家，熔天化地的思想家，融入广袤宇宙的思想家！这就是他们的超脱和睿智——虽然我们并不提倡法拉格夫妇的这类自杀，而对爱因斯坦、戈尔兹夫妇所谓的"解脱"，也有"安乐死"之类的争论……

怪不得敬爱的周恩来（1898—1976）总理推崇两个犹太人：马克思和爱因斯坦。他们都把"自己"与"宇宙"熔化为对人类无尽的爱——一个在社会科学领域，一个在自然科学领域。

信封当稿纸与捐资600万美元

——爱因斯坦的"寒酸"与"大方"

巴格曼

走进美国国会图书馆，你会看到一份珍贵的手稿——1905年9月28日爱因斯坦在德文杂志《物理年鉴》第17卷891～921页上发表的论文《论动体的电动力学》。它的"克隆版"卖过600万美元呢！

那是1944年，第二次世界大战进入关键阶段，各界都在为反法西斯战争筹款。爱因斯坦并没有丰厚的收入，于是，"书刊与作者战争债券委员会"——一个拍卖名人手稿，用所得收入买战争债券的组织，想到了他的手稿。建议他把30页的《论动体的电动力学》重新抄写一遍，最后于1944年2月3日在美国堪萨斯城拍卖给一家保险公司，所得600万美元全部捐给了反法西斯战争。

当然，爱因斯坦为反法西斯战争拍卖手稿，并不止这一份。同一天，他与曾当过他的助手的瓦伦丁·（瓦尔亚）·巴格曼（1908—1989）——一位出生在柏林的美国数学家、理论物理学家，刚刚完成的关于双矢量场方面的德文原始手稿，就拍卖了500万美元。

爱因斯坦支持反战如此"大方"，但一生却非常节俭。他每天都收到许多人的来信，但从来不把信封丢掉，经常把它翻过来，做运算草稿——大科学家竟如此"寒酸"。

爱因斯坦没有成名的时候，生活很艰苦，衣着十分简单随便。

有人提醒他，应该有一件像样的大衣，才好进入社交界。他回答说："默默无闻，即使穿得再漂亮也没人能认识我。"

几年以后，他成了举世闻名的大科学家，但"劣习"不改，穿着仍十分随便。那个人又提醒他，赶快买一件像样的大衣，否则与大科学家的名称太不相配了。爱因斯坦却笑着说："现在即使穿得再破烂些，也会有人认识我的。"

爱因斯坦有时甚至穿运动衫和凉鞋到柏林大学去上课。朋友们颇不以为然，他却戏谑地说："要是布袋比里面的肉更好，那可是一件糟糕的事。"

1909 年 7 月 7 日，瑞士日内瓦大学热闹非凡——它建校 350 周年的日子来了。传说瑞士联邦主席德伊歇尔要来为许多学者颁发博士帽。不巧的是，这一天下着大雨。

突然，雨中来了一个人，他头戴一顶草帽，身穿一件极普通的衣服，与来宾们华贵的燕尾服、平顶丝织帽，形成强烈的反差。看到这样"寒酸"的打扮，看门人不让他进去。这个人不慌不忙地掏出请柬，大家才知道他就是当时已经小有名气的爱因斯坦。

在爱因斯坦第一个登台领取学位证书和戴博士帽的时候，他那"寒酸"的衣冠和奇特的打扮使台下的人都惊呆了。从此，他有了一个"雅号"——"戴草帽的博士"。

爱因斯坦的"寒酸"早已形成"习惯"，由此闹过不少"笑话"。爱因斯坦举世闻名以后，比利时国王和王后邀请他去做客，派了宫廷小汽车到火车站去接他。火车到站了，

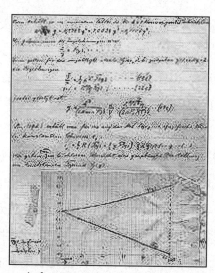

1924 年爱因斯坦写的关于"玻色—爱因斯坦凝聚"的手稿，于 2005 年在荷兰莱顿被发现

可司机怎么也找不到爱因斯坦，只好空车回去向国王报告，说爱因斯坦教授没有来，可能是——"架子太大"。可是，半个小时以后，爱因斯坦却身着破雨衣，脚穿旧皮鞋来了。原来，司机只看衣冠不认人——只在那些衣着华贵、"风度翩翩"的人中间去找，没有想到一个大名鼎鼎的科学家竟如此"寒酸"。

一位名人说过："衣着穿得干净整齐可能会得到人的尊敬，但不一定都如此。"看来，"金玉其外"的美女或帅哥，如果是"败絮其内"的话，的确不如"秀外慧中"或者"兰心蕙质"的人。

那为什么爱因斯坦成名之后，经济状况还没有大的改观呢？下面的例子可以帮我们破解这个"谜"。他在 1933 年 10 月 17 日移居美国新泽西州普林斯顿市以后，任普林斯顿大学教授，主持高等研究院的数学研究所工作。研究院首任院长弗莱克斯纳和他协商年薪数额，他主动提出只要 3 000 美元——这已经低于普通工人的工资了。他说，如果维持当地最低生活水平不要这个数，还可以再低一些。最后，弗莱克斯勒说服了他，年薪定为 16 000 美元。这在当时当地也算比较拮据了。

爱因斯坦不是没有"生财之道"——大名人随时都有这样的机会，可是，他拒绝了每分钟 1 000 美元的电台演说的聘请……他说："我们吃别人种的粮食，穿别人缝的衣服，住别人造的房子。我们的大部分知识和信仰，都是通过别人所创造的语言由别人传授给我们的……个人的生存之所以有意义……是由于他是伟大人类社会的一员。"

爱因斯坦说过："在这个被大家斥为物欲主义的时代，居然还有人把那些一生目标放在知识和道德领域中的人看作英雄，这应该是一个可喜的迹象。这证明，大多数人把知识和正义看得比财产和权力更高。"

言为心声，从这里我们部分找到了爱因斯坦"寒酸"与"大方"这貌似互相"矛盾"的原因。也对他的下列名言有进一步的理解："一个人的真正价值，首先取决于他在什么程度和在什么意义上从自我中解放出来。"

拒当、不签与要签

——和平战士爱因斯坦

有人要你当总统，你不当吗？要你在一个签名之后有生命危险的宣言上签名，你敢签吗？

1933年1月30日，希特勒上台。在德国纳粹的一片狂热的反犹浪潮声中，生命时刻受到威胁的爱因斯坦受美国之邀，被迫迁居美国。

爱因斯坦有一个出生在俄国的朋友叫魏茨曼（1874—1952），与他终身保持着友好关系。魏茨曼当时是日内瓦的化学教授，后来成了一名狂热的犹太复国主义者。1948年12月，以色列国成立的时候，魏茨曼当选为第一任总统。他在生前就曾表示，愿意把总统职位让给爱因斯坦，但爱因斯坦婉言谢绝了。

1952年11月9日魏茨曼去世前夕，就推荐爱因斯坦当他的继承人，但爱因斯坦热爱和平，反对战争，反对狭隘的民族主义，主张阿拉伯人和犹太人和平相处，不做过去纳粹曾经做过的事情。一天以后，爱因斯坦就对以色列驻华盛顿的大使阿巴·厄班派到他所在的普林斯顿来的副手做出了答复："我整个一生都在研究客观事物……缺少经验与人民和谐相处、行使官方工作……我不适合在那么高的职位上任职……"——再次婉言谢绝。

11月16日晚上，爱因斯坦从媒体上得知魏茨曼要他接任总统的公开消息。两天以后，他在报纸上庄严声明：拒绝当以色列总统。

爱因斯坦热爱和平，反对战争，并不是1952年才开始的。

1914 年 7 月 28 日，第一次世界大战爆发，"整个欧洲失去了光明"。当时，德国正笼罩在军国主义和民族沙文主义的狂热之中。一位不太著名的作家鲁德维格·法尔塔起草了《告文明世界书》（*Aufruf an die Kulturwelt*），吹捧德国军国主义，支持战争——该宣言的第一句话是："说德国发动了这场战争，这不是

希尔伯特

事实。"物理学家伦琴（1845—1923）、普朗克（1858—1947）、能斯特（1864—1941），化学家哈伯（1868—1934），博物学家海克尔（1834—1919）等 93 个德国各界名人——其中有 15 个著名科学家，在上面签了名。10 月 4 日，它被刊登在德国各大报纸上，并翻译成 10 种语言在全世界发行；德国政府也在 15 日正式发表。不过，这份被一些人称为"比利时的强奸"（*Rape of Belgium*）的文件，在《纽约时报》于 1921 年 3 月 20 公布调查结果时，除了 17 个签名者已经死亡，幸存的有 60 人以上表示不同程度的遗憾——一些人说还没有看到就签了名。

此前几个月的 3 月 21 日，爱因斯坦离开苏黎世，在 4 月初到达柏林。他不但拒绝在《告文明世界书》上签名——不签名的权威科学家只有他和大数学家希尔伯特（1862—1943），反而针锋相对，而且在 1914 年 10 月上旬的一天，签发了《告欧洲人民书》（*Aufruf an die Europäer*）。这是当时的第一个反战宣言，也是一次"孤独的呐

尼古拉

喊"。它的起草人是柏林大学"临时教授"、医生兼生理学家乔治·弗里德里希·尼古拉（1874—1964）。在上面签名的总共只有 4 个科学家：尼古拉，爱因斯坦，不太著名的哲学家、尼古拉的朋友奥托·贝克（1873—1966）博士，以及在 1865—1903 年任柏林天文台台长的天文学家威廉·朱利叶斯·弗斯特（1832—

弗斯特

1921）。其中的弗斯特，因为是《告文明世界书》的签名者，但后悔了，所以也在《告欧洲人民书》签了名，希望以此挽回恶劣影响。

这次"孤独的呐喊"，于10月中旬在柏林大学的员工中悄悄传阅，引起了"友好的赞同"。但是，在当时的气氛下，没有人再签名，也没有一家德国报纸和期刊敢登载。对此，尼古拉说："十分伤心，我们意识到了我们是孤立无援的。"可见，在当时发出这样的呐喊是需要胆量的。1916年，尼古拉在巴黎出版的《战争的生物学》一书，才附带发表了《告欧洲人民书》。

1922年，爱因斯坦在独享1921年诺贝尔物理学奖的讲演词中，就对战争深恶痛绝："在爱国主义名义下的……战争是多么卑鄙、下流！我宁愿被千刀万剐，也不愿参加这可憎的勾当。"

1937年，爱因斯坦发表声明，声援中国的"抗日七君子"。1936年5月31日，沈钧儒（1875—1963）等在上海成立全国各界救国联合会。同年11月23日，国民党政府逮捕了该会领袖沈钧儒、邹韬奋（1895—1944）、章乃器（1897—1977）、史良（1900—1985）、沙千里（1901—1982）、李公朴（1902—1946）、王造时（1903—1971）七人。后来，大家称这七人为"抗日七君子"。

1939年1月26日，在华盛顿召开了第五届国际理论物理研讨会。第二天，丹麦物理学家玻尔（1885—1962）宣布了研讨会的成果：德国放射化学家奥托·哈恩（1879—1968）发现了原子的核裂变，并且可放出巨大的能量。这时，在美国工作并加入美国籍的意大利物理学家费米（1901—1954）等人，立即意识到利用这种能量的可能性。于是，两位流亡到美国的匈牙利物理学家西拉德（1898—1964）和威格纳（1902—1995）一起，在1939年7月找到在长岛毕科尼克港湾的别墅休假的爱因斯坦，请他出面说服与他私交很好的比利时女王伊丽莎白，保护好比利时的铀矿，以免被希特勒用来制造原子弹。爱因斯坦马上表示要给比利时政府写一封信，请美国国务院转交，并当场写了一个手稿给西拉德和威格纳带走。

西拉德回到纽约以后，与古斯塔夫·斯托尔普——一位德国前任议员、政治上很有经验的保皇党人、《德国经济学家》前任编辑，商量如何办好此事。后者建议他把这个非同小可的问题，介绍给美国总统（1933—1945 在任）罗斯福（1882—1945）的朋友和非官方顾问、国际金融家亚历山大·萨克斯。

1939 年 8 月 2 日，西拉德再去长岛会见有崇高威望的爱因斯坦，一起去的还有萨克斯。一阵交谈之后，前面那封给比利时女王的信，摇身一变——成了给罗斯福的、建议美国政府尽快研制原子弹的信。西拉德和萨克斯在爱因斯坦口授的基础上，写了一长一短的两封英文信，在 8 月寄给爱因斯坦。爱因斯坦马上在他们的联名信件上签了字，并立即寄了回来。随后，萨克斯于同年 10 月 11 日将短信送交总统。这里提到两封英文信，是这样的：考虑到罗斯福对科学的理解水平，上书总统制造原子弹的信共两封。两页的短信，直送罗斯福，后来 1986 年在纽约利斯蒂拍卖行以 22 万美元成交。长信被送往白宫。另外的说法是，费米也在 1939 年 7 月那次和西拉德、威格纳一

爱因斯坦的两页短信影印件

起去了长岛；爱因斯坦在 8 月 2 日和西拉德、萨克斯见面时就在信件上签了名。

后来，认为总统"行动迟缓"的西拉德又一次找到爱因斯坦，于是爱因斯坦在 1940 年 3 月 7 日写了第二封信寄给萨克斯，由他转交总统。最终，美国的原子弹在 1945 年 7 月 16 日 5 时 30 分爆炸成功。

鲍林

爱因斯坦很快就看到，这世界没有"香巴拉"。在第二次世界大战以后，美国不但不停止原子弹的制造且没有声明不使用，反而于 1946 年 7 月进行了战后的首次新原子弹试验，准备大量生产，扩大战备，与苏联进行轮番升级的军备竞赛。原子战争的阴影笼罩着世界。此时，爱因斯坦挺身而出，主张禁止制造和销毁一切核武器。他因此受到美国参议员麦卡锡（1908—1957）等美国法西斯分子的威胁和恫吓。

正如当年他不向希特勒法西斯分子低头一样，他也没有向美国法西斯分子低头屈服。他表示，为了自由与和平，他不怕坐牢，不怕破产，不怕牺牲个人的幸福。他还说，他当年上书罗斯福制造原子弹，是他一生中最大的错误——虽然实际上他并没有起到实质性的作用。

当然，担心原子战争的阴影笼罩世界，并不是从 1946 年 7 月才开始的。就在美国制成了原子弹之前的 1945 年 3 月，西拉德等人已经开始担心，不是德国用原子弹轰炸美国，而是美国用原子弹轰炸别的国家。这样，他又找到爱因斯坦，于是爱因斯坦写的信连同西拉德的报告被送给罗斯福，但是，罗斯福在 4 月 12 日就死了。接任的杜鲁门（1884—1972）总统（1945—1953 在任）于 1945 年 8 月 6 日和 9 日，就用原子弹轰炸了日本的广岛和长崎——西拉德等人担心的事终于发生了。

在这种背景下，美国化学家鲍林（1901—1992）应爱因斯坦的请求，与其他几位科学家一起，在 1946 年成立了"原子科学家紧急委员会"，呼吁美国要和平利用科学技术，号召科学家们要抵制原子战。

1952 年 11 月 1 日和 1953 年 8 月 12 日，美苏两国的氢弹相继试验成功，核战的潜在威胁进一步扩大。科学家们不得不公开发出怒吼。

1955 年 4 月 11 日，爱因斯坦在《科学家反对战争宣言》签名。他还附了一个便条——这是他的最后一封信。当英国哲学家、数学家罗素（1872—1970）接到信的时候，爱因斯坦早已于 4 月 18 日——离他签名正好一周，悄然辞世了。6 月，爱因斯坦、鲍林、罗素、玻恩等 51 位诺贝尔奖得主联合签名的《科学家反对战争宣言》——著名的《罗素 – 爱因斯坦宣言》公开发表。宣言号召科学家们团结起来，共同制止发展核武器，反对美、苏继续制造氢弹。在这个宣言影响下，著名的"帕格沃希国际会议"组织成立，号召各国著名科学家参加争取和平的签名运动……

"爱因斯坦的和平主义观念是一种与生俱来的、基本的、本能的观念，"美国作家 A.弗尔辛在《爱因斯坦传》一书中说，"这种观念后来发展到对一切存在竞争的事物的抗拒"，他甚至不喜欢玩那些有对抗性质的游戏，例如下象棋。

不过，人的观念是可以改变的，爱因斯坦热爱和平，反对战争的美德绝不仅仅是"与生俱来的、基本的、本能的"。因为对任何生命，"生存"这个"本能"，无疑位居第一，人人在生死攸关的大事面前，都必须仔细掂量和接受"刺刀见红"式的考验，因此，对爱因斯坦热爱和平，只有用他自己所说的话才能解释："人只有献身于社会，才能找出那实际上是短暂而有风险的生命的意义。"

爱因斯坦用发表过近 100 万字的有关反对战争、争取和平的言论，结束了他和平主义的一生。

专利、奖金都不要

——伦琴发现 X 光以后

　　1895 年 11 月 8 日漆黑的夜晚，一个高大的黑影在德国乌兹堡大学的一个实验室里晃动。他是谁？深更半夜在干啥？

　　他就是该校校长兼物理研究所所长伦琴（1845—1923）。这一天，同往常一样，琴伦刚吃过晚饭就来到实验室，独自摆弄着当时最奇特的光学仪器——真空的希托夫 - 克鲁克斯放电管，研究它发出的阴极射线。他用黑纸包住管子，接通电源。咦！怎么管子附近有亮光闪烁？

　　这亮光在黑夜显得格外清楚。伦琴觉得很奇怪，就走过去看。原来，在离管子约 1 米远的小工作台上，放着做别的实验用的涂有荧光物质铂氰化钡的纸板，亮光就来自这里。他知道这纸板本身是不发光的，因此他当即敏锐地猜测，一定是放电管发出什么"东西"到达纸板，使荧光物质发光。

　　伦琴经过长达 6 个多星期的研究之后，在 1895 年 12 月 28 日将研究成果写成《一种新的射线，初步报告》，交给乌兹堡大学的物理学医学会秘书。秘书决定刊登在下一期的《乌兹堡物理学医学学会会议报告》上。由于当时伦琴对这个"东西"的本质一无所知，因此"为简单起见"，就称它为"X 光"。

纪念邮票：伦琴和他发现 X 光

1896 年 1 月 5 日，维也纳《新闻报》编辑 Z. K. 雷谢尔热情洋溢地介绍 X 光的文章，刊登在《新闻报》星期日版第一版上，从而为 X 光"吹响了轰动世界新闻的号角"。

…………

发现 X 光的过程及消息，以及 X 光能穿透实物进行摄影、具有很强的穿透力等性质，曾引起全世界特别是西方各阶层的"集市般的喧嚷"和"巨大的骚动"，掀起了一场 X 光的"轩然大波"。

1896 年 1 月 13 日下午 5 时，德皇（1888—1918 在位）威廉二世（1859—1941）请伦琴进宫为皇室做实验表演并授予他普鲁士皇室二级宝冠勋章和勋位，还批准在波茨坦桥旁为他建立塑像。

同年 1 月 23 日，伦琴应校内教职工的邀请，在乌兹堡大学的物理研究所内做了关于 X 光的报告，并当场拍下了出生在瑞士的德国解剖学家、生理学家鲁道夫·阿尔伯特·冯·克里克尔（1817—1905）教授的手骨照片。旋即，79 岁的克里克尔带头欢呼鼓掌三次，并建议把 X 光称为"伦琴射线"。

几个月内研究 X 光的科学家达几百人，德国等国相继成立 X 光协会。伦琴的报告在 3 个月内被印行 5 次，一年内研究 X 光的论文不少于 1 044 种，专著和小册子不少于 49 种。人们制成过 32 种不同型号的 X 光管。

处女们整日惶恐不安，怕被人用 X 光看透自己的身体和失去贞操。报纸警告女士们，人们用 X 光能看到她们用衣物遮着的身体，穿任何衣服上街都不安全，所以，当时也有人称 X 光为"不道德之光"。

商人们生产"X 光保险服"并大做广告，以赚大钱。例如 1896 年 2 月，伦敦的一家广告公司就刊载有"出售防 X 光内衣"的广告。

一些人试图用 X 光将普通金属制成黄金。

X 光传到美国仅 4 天，哥伦比亚大学一位

克里克尔

教授，就从X光照片中第一次发现并取出一猎枪误伤者体内的霰弹。

一位患者曾写信给伦琴，要伦琴寄一些X光给他，以诊治他胸腔的疾病。哭笑不得的伦琴只好回信："请将胸腔寄来。"

…………

巨大的"商机"，使德国柏林通用电气公司动了心，要用高价来换取伦琴的X光和未来的一切物理发现的专利权。他们派出公司的工程师麦克斯·列维，代表公司与伦琴交涉关于X光发展工作的所有权问题。

伦琴坚决拒绝了这项建议，他毫不犹豫地回答说："根据德国大学教授的优良传统，我认为他们的发明和发现都属于全人类，这些发明和发现绝不应该受到专利、特许权和合同等等的阻碍，也不应该受到任何集团的控制。"

伦琴还说："专利是什么？它是怎么回事？打算把'X光'一个人独占吗？不是我'发明'了X光，它是千古以来就存在着的，我仅仅是'发现'了X光而已，因此，X光是全人类的财产，而不是我个人的私产。打算运用我的方法生产X光的人，不必客气，请到我这里来吧！我的东西还需要改良，如果在您的公司能够制造出更好的真空放电管的话，那我就太高兴啦……"

"空头支票"不兑现
——不讲信用的爱迪生

1884 年 6 月的一天，爱迪生正放下电话，冲着手下一个工头喊："……把漏电的地方修好。"此时，他忽然发现了一个高高的黑色人影正在他的办公室里徘徊。于是他问："先生，有何贵干？"这

爱迪生：我的发明是要用来赚钱的……

里是纽约珍珠街（音译帕尔街）255 — 257 号爱迪生的直流发电站，他正在组织检修发电站的设备。

特斯拉拿出查尔斯·巴切罗的介绍信，递给爱迪生。

特斯拉何许人？他为什么要来找爱迪生？

物理学家特斯拉（1856—1943）出生在南欧克罗地亚的斯尔良。他后来成为美国的大发明家，一生共获 112 项专利。他最大的贡献是开创了交流供电系统，为此，在 1956 年他 100 周年诞辰的纪念大会上，设在德国慕尼黑的国际电工委员会决定，把国际单位制中磁感应强度的单位命名为特斯拉。

1881 年，特斯拉是布达佩斯一家电报局的小职员。1882 年，他又进入设在巴黎的欧洲大陆爱迪生公司工作。工资收入十分微薄。用他的话说是："一个月的后 29 天是最难熬的。"他要另谋出路。

英国工程师查尔斯·巴切罗是法国一家电厂的经理。他告诉特斯拉，美国"花香草壮，金银遍地"。于是，特斯拉远涉重洋，来到美国"淘金"。

爱迪生看完信之后，两人交谈起来。特斯拉建议他淘汰正在使用的直流供电系统，采用自己发明的交流供电系统，可爱迪生却怒气冲冲地说："住嘴，收起你的废话！这种东西太危险，我们美国搞直流电搞定了。"

这时爱迪生的直流供电系统正如日中天，哪里听得进特斯拉的话呢！

这样，爱迪生就按自己的需要，安排特斯拉干修理发电机的工作。特斯拉的工作很出色，很快成了爱迪生的得力助手。

爱迪生有一批发电机，性能很差，他找的其他人都没有给他改造好。这下好了，"天上掉下个林妹妹"——特斯拉来了。一天，爱迪生对特斯拉说，如果把他的这批 24 台发电机改造好，他会付给特斯拉 5 万美元奖金。特斯拉看了看发电机说："行，一言为定。"

特斯拉加班加点改造发电机，发疯似的干了大半年之后，终于把 24 台发电机改进完毕，而且安装了自动控制装置，使用了一种他的已经获得专利权的独创方案，使直流电动机的质量得到大大提高。此时，爱迪生却失约了，他没有如约兑现承诺的奖金，只答应每周给特斯拉增加 10 美元的薪金。于是，特斯拉怀着失望的心情，立刻"拿起他的圆顶礼帽阔步跨出了房门"，愤然离开了爱迪生公司。

"发明大王"爱迪生以他众多的发明造福于人类，这值得称道；然而，过度的物欲却使他不守信用，被不少人非议。

爱迪生这种过度的物欲还可以举出一个例子。当德国物理学家伦琴发现 X 光以后，他拒绝申请专利来谋物质利益时，爱迪生却讥讽他："伦琴……大概连一块钱的好处也没有得到过……必须看一看从商业上如何利用它，来得到好处。"为此，他自己则"和他的助手一直不停地搞了 70 个小时，在最后一段时间还利用手风琴来帮助鼓起干劲"——《电的世界》这样报道。

希特勒为何恼羞成怒
——普朗克"袒护"爱因斯坦

兴登堡

"砰！砰……"随着 1922 年 6 月 24 日柏林的一阵枪声，德意志的魏玛共和国外交部部长、爱因斯坦的挚友、犹太人伐尔特·拉丹诺（1867—1922）倒在血泊之中。这是德国右翼分子丑恶阴谋的一部分——暗杀犹太人及和平人士。他们把第一次世界大战中的失败归"罪"于这些人——爱因斯坦是其中的"得力干将"。他们不甘心战败，要东山再起，卷土重来。

爱因斯坦当然面临着同样的威胁。有一段时期，他听从了友人的劝告，在柏林隐居，但还是公开参加了柏林的反战群众集会。他还勇敢地在《新评论》杂志上发表了《悼念伐尔特·拉丹诺》的文章……总之，他不愿向德国反犹主义者妥协。不过，在白色恐怖面前，他最终还是被迫选择了"三十六计，走为上"——1922 年 10 月 8 日，他携妻从法国马赛登船离开了正处于多事之秋的德国，来到亚洲，沿途访问了新加坡，斯里兰卡的科伦坡，中国的香港、上海和日本东京。

由于德国垄断资产阶级的支持，纳粹很快就强大起来。1932 年，原来的魏玛共和国总统——也是新当选的总统（从 1925—1934 年共在任 9 年）兴登堡（1847—1934），迫于纳粹党的压力，不得不任命希特勒（1889—1945）为总理。随着 1933 年 1 月 30 日希特勒上台，纳粹恐怖统治再掀高潮。此时，爱因斯坦正在美国访问。

1933 年春，纳粹分子趁爱因斯坦在美欧讲学之际，没收了他的全部银行存款，冲进他住宅抢走了他夫人的保险箱内的财物，他在哈维尔河畔的度假别墅也"充公"了。此外，暴徒们还在大街上公开烧毁他的手稿和著作，政府还公开取消他的德国国籍。爱因斯坦闻讯后愤怒至极，当即于 2 月 27 日在雅典的帕沙第纳市政礼堂给柏林的 M. 莱巴赫女士写信："鉴于希特勒的原因，我不能再踏上德国的土地了，我已经取消了在普鲁士的讲学任务。"接着，他在帕沙第纳发表公开声明，宣布自己不再返回德国。3 月，他不等普鲁士科学院和巴伐利亚科学院宣布开除他，就提出了辞职。3 月 30 日，科学院收到了他的辞职信。4 月 1 日，他就被科学院开除——伴随着科学院的一个对他尖锐攻击的声明。

在德国，以往曾同爱因斯坦过往甚密的一些科学家，或受民族主义感情的支配，或慑于纳粹的淫威，也参加了反对爱因斯坦的行列。

爱因斯坦和其他反法西斯迫害的力量并没有屈服。马克斯·普朗克（1858—1947）——曾热情提携和支持过爱因斯坦的著名物理学家，就是其中之一。他在 1933 年 5 月举行的普鲁士科学院全体会议上，发表了勇敢的声明："当我谈话的时候，我相信我代表科学院中物理学界的同事们，也代表了德国绝大多数的物理学家。我说，爱因斯坦先生不仅是许多杰出物理学家中的一个，而且爱因斯坦先生是这样的物理学家，他的著作，使物理学经历了一场深刻的革命，其意义只有哥白尼与牛顿的成就才可与之相比……"

在这样危险的时候，普朗克仍然敢于坚持真理，为爱因斯坦大唱赞歌，由此可见普朗克伟大的人格。

"这简直是反了！"希特勒听说后十分震怒，他气势汹汹地赶到科学院斥责普朗克说："仅仅是由于你的年龄，才使你免于被送进集中营！"

在第一次世界大战时期，普朗克还是军国主义和民族沙文主义的鼓吹者，但是在事实面前，他终于辨明了是非。于是，他幡然悔悟，不再和纳粹沆瀣一气，而是与纳粹做坚决斗争，这很值得称道。

希特勒上台后，对像普朗克这样没有被独裁

希特勒

者的宣传和炫耀所蒙蔽的德国爱国者来说，是一个沉重的打击。在朋友及同行们的要求下，普朗克接受了威廉皇家学会——现在叫马克斯·普朗克学会的会长职务。这是一个德国科学研究的重要学会，普朗克担子是沉重的，且是处于最不愉快的环境下，但是他认为努力挽救他所能挽救的东西是他的义务。他甚至去劝说希特勒，希望他能克制一些错误行为，但是他被这个恶魔赶了出来。后来，他的房子在一次空袭中被炸毁，感到自己在退却的德国人和进攻的联盟国之间进退维谷。一位德国物理学家得知他的困境，劝说美国人派了一部车子，把普朗克送到了比较安全的地方哥廷根，才使他在战争中得以幸存。

没有屈服的不只是普朗克。1933年8月，受德国法西斯迫害者世界委员会发表了一份"褐皮书"，揭露纳粹党的恐怖罪行。因为爱因斯坦是这个委员会的成员之一，所以纳粹党就以此作为他反党、反国家社会主义的"罪证"，并扬言用重金买爱因斯坦的头颅。

在这种严酷的现实面前，爱因斯坦只好再次"走为上"。他偕夫人离开与德国接壤的比利时——先是在1933年9月9日（一说8日）到达英国，10月10日离开英国后于17日到达美国。

1934年，兴登堡辞世，希特勒把总统和总理两个职务揽入怀中，对犹太人的迫害也加大了力度……

普朗克在他的一生中屡遭不幸。他的第一个妻子死于1909年。她生的4个孩子中有3个死于第一次世界大战时期——长子在前线战死，两位已婚的女儿死于分娩。那个幸存的儿子，因为在1944年7月12日密谋暗杀希特勒，在当年被纳粹分子处死。后来普朗克又结了婚，又生了另一个儿子。

第二次世界大战后，德国授予了普朗克几项荣誉，人们已经准备为他的90大寿举行盛大的庆祝活动，但是在庆典之前几个月的1947年10月4日（一说3日），普朗克就在哥廷根买了去天堂的飞机票。

普朗克

"我不要勋位，要实验室"

——皮埃尔事业重于名利

居里夫人的丈夫皮埃尔·居里（1859—1906，以下简称皮埃尔）是一位才华出众的物理学家。磁学方面的"居里定律"和"居里点"，就是以他的姓氏命名的。他和他的哥哥雅克·保罗·居里（1855—1941）一起，还在1880年发现了石英晶体的压电效应。

皮埃尔·居里

可是，皮埃尔"有执拗的个性，几乎是病理性的骄傲"。这种个性和法国科学院院士们的不公，使他在1902年在与以液化气体闻名的阿马伽（E.H.Amagat）竞选院士中，以20票对23票失利。上述不公，发生在候选人对院士们进行各种"礼节性活动"之后。

阿马伽的科学成就是不能和皮埃尔相比的，但却因这一不公当选了。这次挫折使皮埃尔不再企望在法国受到重视，不过，在他死的前一年的1905年7月3日，还是被选为法国科学院院士，但仍有22票反对。"差一点我又落选了！"对这些为数不少的反对票，皮埃尔说。

落选院士使皮埃尔深受刺激。其原因不仅仅是落选本身，更重要的是他对自己挨个上院士们的家，进行低三下四的"礼节性活动"行为感到恶心。这种"活动"正是皮埃尔原来轻视的——虽然这是在朋友们的"指点"后才勉强参加的。落选后的他变得神情沮丧、心灰意冷，并由此影响到居里夫人经常失眠、轻微梦游……

对居里夫妇的困境，他们的朋友们很难过并给予了关注。例如，里尔大学的物理教授萨尼亚克，就曾写了一封感人肺腑的信安慰皮埃尔。

朋友们不仅担心，而且出谋策划想改善他们的境遇。1903 年 7 月 14 日，一个友好的官方机构准备授给皮埃尔荣誉勋章，推荐他为荣誉勋位团的一员，但他辞而不受。他说，他需要实验室而不是勋章。阿佩尔知道以后，甚至求皮埃尔"做件好事"——接受勋章。阿佩尔还写信给居里夫人："请您运用您的影响，让皮埃尔不要拒绝荣誉勋位的推荐。这件事本身的确并不重要，但是它会产生实际的效果——实验室、拨款等等，这才是最重要的。"

但是，刚正不阿、生性固执，不愿意再阿谀献媚、曲意逢迎的皮埃尔坚决不干。他回信给阿佩尔说："请您代我向部长致以谢意，并请转告他，我不需要勋位和勋章，我需要的是实验室。"最后，皮埃尔既没有得到勋位和勋章，也没有得到朝思暮想的实验室。

皮埃尔要实验室从事科研是值得赞赏的。不过，如果在得到勋位的同时能得到实验室的话，我们不妨摒弃皮埃尔"扁担挑缸钵——两头失落"的执拗。此时，我们想起了出生在澳大利亚，从 1947 年

邮票上的皮埃尔·居里

起任英国剑桥大学的动物病理学家威廉·伊恩·比尔德莫尔·贝弗里奇（William Ian Beardmore Beveridge，1908—2006），在 1957 年出的第三版《科学研究的艺术》（*The Art of Scientific Investigation*）一书里的忠告："做出新发现的人不会也不善于处理人与人之间的关系。如果他们圆通一些，麻烦也就少得多。"

"光荣借款"也要还
——淡泊金钱的居里夫妇

"海阔，天高，青春像冲天的鸟"——24岁的玛丽，正值青春年华，展翅欲飞。1891年10月秋末，她依依不舍地告别了爸爸，要到阔海、高天去当"冲天的鸟"——被俄国奴役下的波兰高等学府，把女性拒之门外，她要去法兰西留学。

随着火车的"轰隆，轰隆……"声，玛丽穿过了德国茂密的森林——从波兰来到了巴黎。

李普曼

玛丽在当时非常著名的索尔本科学学院——巴黎大学的一部分，注了册。她的老师也同样著名——1908年诺贝尔物理学奖的唯一得主李普曼（1845—1921）。

1891年11月3日，索尔本大学理学院正式开课。李普曼看见一个勤奋的女生总是提前来到教室，坐在第一排。"她一定很勤奋，"李普曼想，"是棵好苗子。"他一定没有想到，她的这位女弟子竟比他早5年荣获诺贝尔物理学奖。

1893年7月的考试之后，玛丽的成绩得了全班第一，被授予了物理学的学士学位。更高兴的是，她马上就能回波兰和她梦绕魂牵的亲人见面了！

玛丽的爸爸瓦迪斯瓦夫·斯可罗多夫斯基（Władysław Skłodowski）——一位有教养的绅士，再也舍不得女儿又一次到巴黎去受炼狱之苦了。玛丽也舍不得离开年迈的、不知为自己付出了多少的爸

"超级红娘"科瓦尔斯基

爸——1878 年 5 月 9 日，玛丽的妈妈因结核病久治不愈已乘鹤归去。

正当玛丽回波兰的家乡之后打算放弃再留学巴黎的想法的时候，"奇迹"出现了：她的好朋友迪金斯卡小姐，为她争取到了 600 卢布（当时约合 300 美元）的奖学金——"亚历山大诺维奇基金会"授予的。这个奖学金专门奖给留学成绩优异的学生，让他们能在国外继续深造。

玛丽兴奋得一蹦三尺高！她又可以在巴黎学习 1 年多，拿到数学学位了！

玛丽满心欢喜地回到索尔本科学学院。李普曼高兴地让她一边学习，一边在他的实验室工作，并设法让她的经济宽裕些。

1894 年初，皮埃尔的朋友、曾担任德国弗莱堡大学（University of Freiburg，全称阿尔伯特·鲁德维格·弗莱堡大学——Albert Ludwig University of Freiburg）校长（1897—1898 学年在任）的约泽夫·威鲁兹·科瓦尔斯基（1866—1927）——一位波兰物理学家、外交家（曾先后任驻罗马教廷、荷兰、奥地利和土耳其的外交官），把玛丽介绍到皮埃尔工作的实验室，当他的学生。就是这样一次偶然的机会，玛丽认识了 35 岁的"大龄青年"皮埃尔……

1894 年 7 月，玛丽以优异的成绩通过了数学学位考试，告别了刚认识几个月的皮埃尔，再回波兰。皮埃尔恋恋不舍地请她一定要回来……

"……心上香，梦中缘；千万里，剪不断……"——歌曲《桃花谣》是这样唱的。

哼着这类歌，在同年 10 月，"千万里"之外的玛丽果真回到皮埃尔身边来了。1895 年 7 月 26 日，在简单的婚礼之后，有情人终于喜结连理——起初拒绝皮埃尔的"玛丽"变成了"居里夫人"。

1896 年 8 月，玛丽通过大学毕业生担任教师的职称考试，并得到钟爱皮埃尔的理化学院校长舒琴柏克（1827—1897）的支持，在该院谋得和皮埃尔（担任实验室主任）同在一个实验室工作的职位。

1897 年，居里夫妇等在钢铁磁化方面的研究取得了成功，怀孕的居里夫人完成了论文《淬火钢的特性》。为此，法国科学协会奖励给她一笔钱。她马上用她挣来的这第一笔钱，付还了 4 年之前那笔 600 卢布的奖学金。她在还款的信中写道："我把你们的奖学金当成光荣借款，它帮助我获得了初步的荣誉。借款理应归还，请把它再发给另一个生活贫寒而又立志争取更大荣誉的波兰青年！"

好一个"光荣借款"，它把居里夫人淡泊金钱的品质来了个"百分百"的诠释。同时，也是她"受人滴水之恩，当涌泉相报"的善良美德的缩影。

当然，这类诠释和缩影远不是一次：1905 年 2 月，居里夫妇就把提炼出来的一点镭送给维也纳医院，以感谢当年奥地利政府廉价给他们提供沥青铀矿渣。

居里夫妇一生都淡泊金钱。在他俩所得的 1903 年诺贝尔物理学奖的奖金（折合 7 万法郎）中，就用 2 000 法郎赠予卡基米夫妇（居里夫人的姐姐和姐夫），帮助他们在奥地利沙克巴高原建立疗养院来救济穷人，一部分赠给三个科学协会，一部分用作科研经费，竟没有给自己买一顶新帽子。她独享的 1911 年诺贝尔化学奖的奖金，也"愿意把它提回来买战时公债，因为国家需要它"。这段话，是居里夫人在第一次世界大战开始后几个月，给大女儿伊雷娜·约里奥·居里（1897—1956）的信中写的；由于此时的这笔奖金还在斯德哥尔摩，没有提取回

居里夫妇发现镭的纪念邮票：1938 年发行

来，所以说"愿意把它提回来"——而不是开的"空头支票"。

其他许多奖金也做了类似的处理。总之，从国家到科研机构，从实验室工人到来法国留学的波兰学生……都得到过居里夫人的捐赠。

1900年初夏，为了不使提炼镭的工作中断，皮埃尔拒绝了年薪1万法郎、另加房贴和配备助手等优厚条件的诱惑。这一机会是瑞士日内瓦大学校长提供的。当时皮埃尔的年薪仅6 000法郎，要养活一家三口。

居里夫人虽然名扬四海，乐善好施，但却不是很富有，她的生活用品和办公设施也十分简朴。1920年初，美国女记者威廉·梅洛尼夫人（1878—1943）采访她之后，在《居里夫人自传》的引言中这样写道："我……看见会客室十分简陋。我原来以为这儿一定装饰有世界最豪华的家具，宽敞明亮，舒适气派，但一切和我预料的极不相同。"

1921年，居里夫人到美国接受美国人民捐赠的镭的时候，依然穿着那件著名的黑色长袍——10年前领诺贝尔化学奖穿的那件！后来，在答记者问的时候，竟让记者们觉得她的衣着是如此"寒酸"——完全没有"伟人"的"派头"。

居里夫人当贵宾出席宴会时的菜单成了宝贝。她说："这些厚而硬的卡片印成的菜单，用来记下数学演算是很方便的。"

1923年12月，法国居里基金会举行了庆祝居里夫妇发现镭和它的强烈放射性25周年的大会。会上决定每年给居里夫人4万法郎的"国家酬金"，她的两个女儿对此有继承权。居里夫人却把这笔酬金积蓄起来，全部用于在波兰华沙建造的那座放射性研究所（镭研究院）。

看来，居里夫人淡泊金钱已不仅仅是一种美德了。"能够把美德化为生活习惯的人，"美籍华人王鼎钧说，"值得羡慕。"居里夫人就是这种"值得羡慕"的人。

居里夫人摈弃财富的行动曾一度不被人们理解，对此，她在自传式的短文中写道："人类当然需要注重实利的人。这些人虽然没有忘记公共利益，但是他们从自己的工作中收益最大，并且注意保护自己的利益。然而，人类也需要富有理想的人，对于这种人来说，无私地发展一种事业是如此迷人，以至于他们不可能去关心自己的物质利益。"

无独有偶，法国思想家圣西门（1760—1825）也"英雄所见略同"："人类要使有天才的人成为火炬，而不要让他们忙于私人利益，因为这种利益会降低他们的人格，使他们放弃真正的使命。"

居里夫人还写道："这些理想主义者不配占有财富，因为他们不想占有财富。即使如此，一个组织良好的社会，也应当保证这些人有完成他们任务的充分手段，使他们能过一种免除物质之忧而献身于研究工作的生活。"

居里夫人崇高的思想，不但与爱因斯坦的"科学不是谋生的手段才美好"一脉相承，而且可喜的是，有了令人振奋的"现代折射"。中国从 2001 年开始，颁发了一年一度的"国家最高科学技术奖"。每人奖金 500 万元（2018 年起增为每人 800 万元，而且全部由个人支配），规定得奖的科学家要用其中的 50 万元改善自己的生活。这一举措就证明我们有"组织良好的社会"，从而能"保证这些人有完成他们任务的充分手段，使他们能过一种免除物质之忧而献身于研究工作的生活"。

在这个物欲膨胀的商品经济时代，如果主张像居里夫人那样淡泊自守，很容易被看作是"酸葡萄心理""阿Q精神"或"自视清高"。在多数人有了"小康"，而且还在"更上一层楼"的时候，对俭朴生活的适度张扬，无疑会有助于我们校正生活的坐标，瞄准生活的目标，关注生活的质量——特别是精神生活的质量。

于是，我们可以不无把握地说：精神文明和物质文明都重要；居里夫人淡泊金钱的美德，依然是我们不可或缺的美梦和崇高的灵魂！

"在这个世界上，唯有两样东西深深地震撼着我们的心灵，一是我们头上的星空，一是我们内心的道德。"德国大哲学家康德（1724—1804）的这句经典名言，说出了人类的两大任务和理想：探索宇宙的奥秘和优化自身灵魂。而后者，正是我们这个故事的主题。

事业重于金钱
——不要专利的居里夫妇

在距离华盛顿的林肯纪念碑 200 米处，是美国商务部——它的前身是成立于 1802 年的美国专利局。在商务部大门口的石壁上，醒目地镌刻着一句格言："专利制度为天才之火添加利益之油。"它的作者是美国第 16 届总统——亚拉伯罕·林肯（1809—1865）。

可是，就有这样"愚蠢"的"天才"，却不要"专利"为自己"添加利益之油"。

居里夫妇发现镭以后，立即测定了镭的原子量。1902 年 3 月 28 日，居里夫人在记录本上高兴地写下了镭的原子量：Ra=229.93（现在的值是 226.02）。接着，她在法兰西科学院以"论镭的原子量"为题公布了这一成果。科学院立即拨款 2 万法郎，来加速"提炼放射性物质"。

居里夫妇：梦想开始

默默无闻在破"工棚"里干了 4 年多的居里夫妇，他们成了 1902 年最耀眼的"双子星座"！新闻记者、摄影师、参观者……

商人们也不失时机，立即上阵。

1902 年的一家报纸上登出了大幅广告："本世纪最奇异的发现：Rezall 镭液，保护头发。不再变白！不再脱发！！根治秃顶！！！"厂家也请他们写产品的赞美词。养马专家要用居里夫人的名字为一匹良种马命名。世界各地纷纷来信索求制镭的方法。一家美国公司要创立炼镭工厂的来信，也寄到居里夫妇的手中……

居里夫妇："发财"的时机到了！

一个星期日的早晨，居里夫妇俩进行了大约5分钟的谈话。

居里夫妇：快乐出发

"我们……要么把提炼镭的专门技术公开，谁愿生产镭谁生产去；要么我们申请生产镭的专利，这种方法毕竟是我们发明的。"皮埃尔·居里平静地对夫人说。

"皮埃尔，"玛丽·居里回答说，"我想你一定不会采取后一种决定。我们不能申请专利，因为那是违反科学精神的。"

皮埃尔想让玛丽冷静地把利害关系搞得更清楚，又说："我们要慎重。有了专利，我们可以生活得更舒适一些，不必去干那些太辛苦、损害我们健康的活，而且，我们可以配一个好的实验室……"皮埃尔的话，很正常——若干年来难以言表的辛劳，总该让"付出"得到物质"回报"吧；何况——还可以用专利费来改善科研条件呢！

可是，玛丽想了一下，平静地说："科学家无权把他们的发明当作摇钱树，镭属于全世界。而且，它可以用来治疗癌症，我们可不能用它牟利。是吧？"

玛丽的话，使人想起戴维发明安全灯和伦琴发现X光之后，放弃能使他们"发财"的专利的故事。

现在，玛丽几乎是用与戴维、伦琴同样的话表达了同样的想法。

皮埃尔听后立即说："是的，我们不能从我们的发现中牟取私利，这是违反科学精神的。在答复美国的要求之前，我想知道你的想法是否与我一致。现在好啦，今晚我就给美国回信……我们去呼吸一下新鲜空气吧！"

于是，居里夫妇俩骑上破旧的自行车，到郊外旅游休假去了。

就这样，居里夫妇拒绝为自己研究的任何派生产品申请专利，这样，镭在医学上的应用得到了广泛研究。"事实证明"，镭对块状肿瘤很"有效"，用顶端涂镭的针头注射后，任何肿瘤都会"迅速缩小"。这种"镭疗"在几十年内，一直是治疗癌症的主要方法。

于是，镭被宣传成了一种"万应灵丹"。例如，奥地利一个靠近沥青矿的矿泉疗养地说，他们的水具有"保健"功能。又如，法国一家化妆品公司甚至产销一种含有钍和镭的"科学面霜"。

当人们发现镭的致命伤害作用之后，这些说法很快就烟消云散了。20 世纪 30 年代，医生们注意到了钟表厂工人容易患癌的情况。在美国一家小型工厂，许多人患上了骨癌，调查后发现原因是——工人在把含镭颜料涂在表盘的数字上的时候，习惯地舔一下笔尖。

大约在同一时期，一位科学家再强烈不过地意识到了镭的危险——她就是玛丽·居里自己。1934 年 5 月，她的健康急剧恶化……

玛丽的奖章"毫无用途"

——孩子当玩具正合适

1911年的一天，居里夫人的一个女朋友到她家做客。

突然，这个女朋友发现居里夫妇6岁多的小女儿伊芙·丹尼斯·居里·拉布伊斯（1904—2007，以下简称伊芙）在玩什么东西。她走过去一看，原来是一枚英国皇家学会奖给居里夫人的金质奖章。她大吃一惊，急忙问居里："夫人，现在能够得一枚英国皇家学会金质奖章，是极高的荣誉，您怎么能给孩子玩呢？"

左起：4岁的伊芙、居里夫人、11岁的伊雷娜

居里夫人笑了笑说："我是想让孩子从小就知道，荣誉就像玩具，只能玩玩而已，决不能永远守着它，否则就将一事无成。"

好个"玩玩而已""否则就将一事无成"。这既是居里夫人轻荣誉重事业的诠释，也是不吃老本，要立"新功"的誓言！事实上，她得的什么博士帽、博士服、奖章和奖状等，她都是随手放在一旁，并没有"重点保护"。当然，我们并不提倡像居里夫人这样把奖章给孩子当玩具的做法——它毕竟是自己辛劳的成果带来的荣誉见证，也是对颁发者的尊重，应该珍惜。

居里夫妇发现镭之后，巨大的荣誉向他们扑来：伯洛特奖章、巴黎市荣誉奖章、戴维奖章、诺贝尔奖……

居里夫人一生共得10项奖金、16种奖章、107个名誉头衔，但她没有在任何一项足以使她尽情享受的奖励上陶醉。

居里夫人

居里夫妇重事业、淡泊名利、视荣誉如过眼云烟的事例不胜枚举。

有久闻居里夫人大名但又不相识的人问她："你是居里夫人吗？"她总是回答："不是，你认错人了。"

居里夫妇发现镭以后，法国政府只奖给他们一个勋章，而不肯为他们建一个实验室。为此，夫妇俩很生气，拒绝接受这个勋章。皮埃尔说："我不要这块小铜牌，我要一个实验室。"

第一次世界大战开始后几个月，居里夫人为了给波兰政府筹款，她写信给大女儿伊雷娜·约里奥·居里（1897—1956）说："我想把我所有的一点金子献出去，加上我那些科学奖章，因为它们对我毫无用处。"

"在所有的世界名人中，玛丽·居里是唯一没有被名誉宠坏的一个。"怪不得 1935 年 11 月 23 日，在纽约罗里奇博物馆为居里夫人举行的追悼会上，爱因斯坦在《悼念玛丽·居里》的讲演中这样说。

这"唯一"虽然太绝对了一些，但居里夫人不为名利所累的品德却肯定会彪炳史册。

中国的无产阶级革命家陈毅（1901—1972）的夫人张茜（1922—1974）说过："纷扰的争斗和虚浮的颂词都不过是过眼云烟。"当居里夫人把当之无愧的荣誉都看得轻于事业的时候，我们还有什么理由把那些"纷扰的争斗和虚浮的颂词"，看得"重千斤"呢？

伊芙：1937 年 33 岁

也许是"玩了妈妈的奖章开心"的缘故，优秀的音乐教育家、人物传记作家伊芙高寿 103 岁（仅差 1 个多月）。20 世纪 60 年代起，她还为联合国儿童基金会工作，向发展中国家需要帮助的儿童和母亲们伸出援手。

大奖得主推圈椅
——居里夫人不忘恩师

1914 年，波兰华沙。一次妇女团体的招待会。突然，人们惊奇地发现，一位中年妇女和一位老妇人相拥而泣……

她们是谁，为什么如此动情？

这一年 7 月，华沙建立的放射性研究所（镭研究院）竣工，在工农业博物馆举行落成典礼。波兰的科学家们都要求居里夫人出席开幕仪式。居里夫人决心再回波兰一次，她——远在法兰西的"游子"，多年没有回"娘家"了，不能让祖国的同胞们太失望。

为什么波兰华沙建的镭研究院要法国巴黎的居里夫人出席开幕仪式，又为什么牵涉"太失望"的问题呢？

原来，在 1912 年 5 月，一个波兰教授代表团到巴黎，给居里夫人带来 1905 年诺贝尔文学奖的唯一得主——波兰大作家显科维奇（1846—1916）的信，请她把"灿烂的科学活动转移到我们的国家和首都来"，但法国的巴斯德研究院早就希望和居里夫人合作，索尔本大学也不肯放走她，加之她已经 45 岁而且身体很差，还怕已经破土动工的实验室会在人走之后"毁于一旦"。这个面积不大的实验室有两间，在距索尔本大学很远的居维埃街。索尔本大学为居里夫妇向议会申请了 10 万法郎预算，作为实验室的创立费。

于是，居里夫人给显科维奇回信，请他原谅她不能回波兰工作，但同意指导波兰科学家在华沙建一个放射性研究所，并派两个得力的人去管理。最后，波、法双方同意共同投资建一个放射性研究所，但包括两个部分：居里夫人领导物理学和化学的部分，雷戈尔博士领导医学和生物学的部分。

由于居里夫人举世闻名，连当时占领波兰的俄国统治当局也不敢对她说三道四——只好"睁一只眼闭一只眼"，佯装不知。

当居里夫人出现在主席台上的时候，整个大厅欢声雷动，掌声经久不息，人们为波兰出现了如此伟大的人物而热泪盈眶。居里夫人在台上用波兰语做了鼓舞人心的讲话。

她感到振奋，她终于能在公众场合不再用俄语——而是用波兰语发言了。同胞们为此高呼："居里夫人万岁！"

接下来，居里夫人又参加了许多团体的活动，华沙人为能够见到"波兰人的骄傲"和"镭之母"而激动万分。

在一次妇女团体招待会上，坐在主席台上的居里夫人，突然看见一位白发苍苍的妇女坐在前排。她愣住了："我认得她，她是……啊，是西科尔斯卡校长！"

她立即站起来，向满头白发的雅德维加·西科尔斯卡（Jadwiga Sikorska）校长走去。到了她的面前，居里夫人深深地鞠了一躬："西科尔斯卡校长，您好！"

"你还记得我，玛丽？"

"我怎么会忘记我敬爱的老师呢？您是我的恩师呀！"

是啊，居里夫人怎么会忘记呢？从1873年她6岁起，就在西科尔斯卡校长所在的私立寄宿学校（小学和初中）学习。她的任何学科始终都是全班第一，校长非常喜欢她。8年后要进入公立高中之前，校长叮咛她的话，她一直牢记在心："玛丽，千万不要忘记我说过的话：要忍耐，老老实实地忍耐，能忍耐才会有最后的成功……千万不要忘记，听见了吗？"

居里夫人弯下腰，拥抱着她孩提时代念书时的老师，热情地吻着这位满脸皱纹的恩师的脸。西科尔斯卡喜极而泣，满脸流着泪水、泣不成声——作为一个教师，最大的报偿也许莫过于此了。居里夫人感激的泪水与恩师喜悦的泪水在一起流淌，流淌……

接着，居里夫人推着老师的圈椅缓缓地向主席台走去……

会场上的人们无不为这感人的一幕所激动，以最热烈的掌声向这对师生致敬——为人类最美好的情操致敬！

当然，居里夫人不忘恩师的故事不止这一个。她在 1903 年获得 7 万法郎的诺贝尔物理学奖的奖金时，就想到了她小时候在华沙的法语女老师珊·欧班。这位穷苦的女士出生在法国，住在波兰，梦想故地重游。当时，居里夫人就汇款给她，使她能到法国旅游，表示对她迟到的敬意。

赠送证书必须修改
——居里夫人与美国送镭

"水流幽回，花落如雨，无限惜别意。"这是苏格兰那首流传世界的、旋律优美的、令人心荡神摇的民歌——《友谊地久天长》的一种中文填词里的一句。用它来描述 1921 年 6 月 28 日在"奥林匹克"号海轮上的一幕，是再恰当不过的了。

怀着"无限惜别意"的两个羸弱而坚强的妇女，紧紧地拥抱在一起——美国西海岸千万年依旧的海涛声，掩盖不了她俩低声的啜泣。她俩都相信，这一别很可能是今生今世的永别。

她俩是谁？为什么如此柔情似水、肝肠寸断？

1920 年初，居里夫人的一位好友、艺术家亨利·皮埃尔·罗歇（1879—1959）对她说，有一位叫威廉·梅洛尼夫人（1878—1943）的美国女记者想采访她。同往常一样，居里夫人一口回绝："我除了提供技术信息，对新闻界一概不接待。"

罗歇说："我知道你的规矩，但是，梅洛尼夫人不一样，你最好接见她，我相信你不会因为见了她而后悔的，你可以相信我。"居里夫人也是血肉之躯——碍于好友情面和善意，

纪念居里夫人百年诞辰的邮票，法国 1967 年发行

她别无选择，只好同意。前面是"别亦难"，这里是"相见时难"。

1920年5月的一个早晨，居里夫人在镭研究所那间小而简陋的会客室里，会见了罗歇带来的梅洛尼夫人——一位身材矮小、头发灰白而且腿有点瘸的黑眼睛女人。

"朋友们都叫我密西，"罗歇作了介绍以后，梅洛尼夫人以少有的坦率接了一句，"您也这么叫我好了。"

梅洛尼夫人是美国一家著名杂志《写真》的主编，也是一位在美国很有名气的大记者。她比居里夫人小14岁，小时候因为一次车祸，所以走路有点瘸。她很早就崇敬居里夫人，但由于居里夫人厌恶记者采访而一直没有采访的机会。这次通过罗歇，终于使多年的梦想成真。成竹在胸的罗歇十分了解这两位女性，他相信她们一旦相逢相识，必定会相知相爱，相得益彰。

"……今天能够见到您，真是非常高兴。"梅洛尼夫人对自己稍作介绍后，就说，"您很忙，我只打搅您几分钟时间。"

"欢迎您的采访。"居里夫人的回答，简单生硬而不失礼节——是因为拙于言辞，还是"自我防范"？我们不得而知。"身经百战"的梅洛尼夫人是有备而来，而且她娴熟的采访技巧非同一般——可以用流利的英文或法文交谈。当她机灵地发现居里夫人讲英文而很得意的时候，就主要用英文交谈。居里夫人说，她多年来就想游历美国，但因为不愿与女儿们分开，所以一直未能成行。她还如数家珍地把镭的"藏身之处"缕述无遗："美国共有镭约50克，巴尔的摩有4克，丹佛有6克，纽约有7克……"

梅洛尼夫人问："法国有多少克镭？"居里夫人回答说："我们实验室里只有1克多一点。"梅洛尼夫人惊呼道："夫人，您只有1克镭吗？"居里夫人立即更正说："我？啊，我一点也没有，这1克镭属于我们实验室。"

在这种巨大的"镭反差"之下，梅洛尼夫人意识到，居里夫人缺乏当时市价高达约每克10万美元的镭，无法进行更重要的研究。于是她激动地提出了一个当时她认为"愚蠢"的问题："如果您有什么心愿的话，那您最大的心愿是什么？"

"1 克镭。"居里夫人几乎不加思索地回答。接着，她似乎为自己的唐突感到不好意思，又补充说："我需要 1 克镭，以便继续我的研究，但是我买不起。镭的价格太贵了。"

梅洛尼夫人看着居里夫人说这句话的时候平静的脸色，不自主地感动得鼻子发酸、眼眶潮湿——"镭的母亲"，却因为无私地放弃专利权而买不起镭！这是一种什么样的精神和现状啊！

这时，她忽然想出了一个伟大的计划：她要回到美国去，大力宣传居里夫人的伟大发现和高尚的情操，然后向成千上万的美国妇女募捐，为居里夫人购买那 1 克她本来完全有钱买得起的镭；用这种方法来表达美国妇女对居里夫人崇高的敬意。

后来的事实证明，梅洛尼夫人提的问题一点也不愚蠢。离开巴黎的时候，两位夫人已经谈妥了她们"伟大的、激动人心的计划"。居里夫人虽然一贯忌讳谈钱，然而在第一次世界大战后法国的经济萧条，使她没有更好的办法来解决科研经费难题——更何况密西是那么高尚和富有同情心。她们还约定通过电报告知募捐进展的情况，而且使用"暗语"——密西把她在纽约的电报代号取名为"理想主义"。

不到一年的时间之后，密西给居里夫人来电："……镭是你的啦！"

居里夫人要到美国接收 1 克镭和各种各样的荣誉，闹得沸沸扬扬，她的朋友、助手和学生们都为她高兴，但法国当局却十分尴尬——居里夫人连科学院院士都不是。于是决定授予她一枚十字勋章，但居里夫人拒绝接受这一荣誉，并建议将这枚勋章授给梅洛尼夫人。

1921 年 5 月 4 日，居里夫人带上两个女儿——姐姐伊雷娜·约里奥·居里（1897—1956）和妹妹伊芙，乘白星轮船公司的"奥林匹克"号离欧去美。除了领取那 1 克镭，还要从东到西穿越美国，沿途参观各著名大学、实验室；出席宴会，接受 19 个名誉头衔和 4 个奖章；也要为各妇女组织演讲和在学术团体做学术报告……

人群鹄立、人声鼎沸、鲜花、掌声、小旗、标语牌、照相机的闪光灯，交替演奏的

左起：伊雷娜、居里夫人、伊芙

《马赛曲》《星条旗之歌》和《波兰国歌》……

这一切，都是为一睹"镭之母"和"人类救星"——居里夫人的风采准备的。很受美国上流社会欢迎的姐妹俩是母亲的"保镖"，而妹妹更是被新闻界冠以"镭眼女孩"（"*the girl with radium eyes*"）的绰号。

1921 年 5 月 19 日，是美国华伦·哈定（1865—1923）总统（1921—1923 在任）接见居里夫人的前一天。在招待会之后，梅洛尼夫人到居里夫人住的客房里，把赠送镭的《赠送证明书》文本交给她审阅。居里夫人戴上眼镜看完以后说："密西，文件还得做点修改。"

"哪儿要修改？"

"是这样的，密西，美国赠送给我的 1 克镭，应该是赠给我的实验室，而不能说是赠送给我个人。按文件现在的写法，那在我去世后，就成了我们家的私人财产，成了我女儿们的私有物，这是绝对不行的。这 1 克镭应该永远属于科学，无论我生前死后都只能如此。"

"修改没有问题，但是必须要有律师在场……"对居里夫人的"突然袭击"，梅洛尼夫人感到有点为难。

"密西，那就请你去找一个律师来。"

"可是，玛丽，还得捐赠人同意。"

"那就请你去找到捐赠人，"居里夫人一点也不含糊，"麻烦您

127

了，请您理解我的请求。"

"明天不行吗？"

"最好马上修改……"

梅洛尼夫人深知居里夫人的个性，只好当夜就找来律师和两位捐赠人的代表——其中一位是副总统柯立芝（1872—1933，后来在1923—1929继任总统）的夫人修改。居里夫人这才放心地在赠送证书上签了字。

1921年5月20日16点，美国白宫会客厅。法国驻美国大使犹赛朗德手挽着哈定的夫人走进会客厅。接着，哈定手挽着居里夫人，波兰公使、梅洛尼夫人和居里夫人的两个女儿、"玛丽·居里委员会"的一些知名女士，先后鱼贯入内。加上厅内原来的科学家、政府要员、其他社会名流，热闹非凡。

犹赛朗德和梅洛尼夫人分别致辞之后，哈定讲话了："您曾有幸为人类完成了一桩重大的发现，今天，我受托赠送给您这1克镭。我们能认识并拥有镭，应该归功于您。我们相信，您有了这点镭，一定可以用来增加人类的知识，减少人类的痛苦。"

接着，总统将挂有一枚金钥匙的绥带挂到居里夫人的颈上。这钥匙是用来打开放在桌上那个桃木小匣子的——衬着铅皮的匣子里装有1克镭。这1克镭，是从科罗拉多州的500吨钒酸钾铀矿中提取出来的。

居里夫人向美国总统和美国妇女界致谢之后，来宾列队走过居里夫人的身旁，向她致以敬意，最后全体合影留念。

情长时短。1921年6月28日，居里夫人在美国的整个活动结束。她和两个女儿登上了开往法国勒阿弗的轮船——来时那条舱房里堆满了电报和花束的"奥林匹克"号……

于是，就有了故事开头那"别亦难"的一幕。不过，这倒不是"今生今世的永别"——"……今日的相送，明日的相逢，一路顺风多珍重……"

8 年之后的 1929 年，两位伟大而不屈的女性又在美国相逢。这一次，居里夫人是从另一位美国总统（1929—1933 在任）胡佛（1874—1964）手里，接受美国人民再次赠送的 1 克镭的捐款——5 万美元的支票。这 1 克镭是应居里夫人之求，由梅洛尼夫人出面，让美国人民捐给居里夫人的祖国——波兰华沙放射性研究所的⋯⋯

　　只活了 52 岁的英国大文豪莎士比亚（1564—1616）曾说："生命短促，只有美德能将它传到辽远的后世。"居里夫人之所以和我们"形影不离"，主要不是因为她的科学成就——成就大于她的科学家不可胜数，但其中许多都被我们"冷落"。主要是因为"女人同样可以在科学上大有作为"的示范效应，更因为她仅仅 67 年的短促生命就能传到辽远后世的崇高的美德⋯⋯

玻尔和茅以升"不谋而合"

——"不怕暴露自己的愚蠢"

"师者，所以传道授业解惑也……"那么，老师会主动在学生面前表现出自己的无知吗，敢主动在学生面前暴露自己的"愚蠢"吗？

1920年初，中国著名桥梁学家茅以升（1896—1989）留美归来。8月，应母校唐山工业专门学校教务长罗建侯的邀请，回母校任教。

在这里，简单介绍一下唐山工业专门学校。唐山路矿学堂的前身是北洋铁路学堂，1896年创办于山海关。后来又改为唐山铁路学校、唐山工业专门学校、国立交通大学唐山工学院。1921年，唐山工业专门学校、北京邮电铁路管理学校、上海工业专门学校合并成国立交通大学，唐山工业专门学校成为交通大学工科；4月，茅以升的老师罗忠忱任主任，茅以升任副主任。

开始，在上课的时候，总是老师提出问题，让学生回答，老师根据回答的好坏打分。学生怕答不上来，因此前三排都没有学生敢坐，后面的学生在老师提问时都用书遮着脸。茅以升"见势不妙"，就改进了方法：由学生找出老师的不足和缺点，向老师提问。这一招果然见效，学生的学习积极性大大调动起来，课堂也很活跃，他有时也被问着了——老师的"愚蠢"被"曝光"，但同学们却更爱自己的老师了。后来，茅老回忆

茅以升

说，我是从中获益匪浅啦！

无独有偶，丹麦物理学家玻尔（1885—1962）也是一个"不怕暴露愚蠢"的人。

玻尔

1913 年，玻尔提出了原子结构的"玻尔模型"，并主要因此独享 1922 年的诺贝尔物理学奖。他也是量子力学的创始人之一。

1920 年，哥本哈根大学根据玻尔的提议，成立了理论物理研究所，由他担任所长。从当年 9 月 15 日正式落成举行典礼之后，研究所就开始聚集来自世界各地的、才华横溢的青年科学家，使这个研究所成为世界上主要的科研中心之一，更是理论物理学家们的"朝圣之地"。玻尔更加声名大震。

玻尔成名后依然同青年们朝夕相处，平等待人，从不摆权威架子，处处发扬民主作风，因此深受学生拥戴和尊敬。有时，他的想法受到学生们的反驳，他不但不"恼羞成怒"，反而闻过则喜，知错就改。他虚怀若谷，总是说自己的数学知识比有的学生还差，说自己的表达不畅。玻尔越谦虚、越有自知之明，越是得到学生的热爱和赞叹。当有人问玻尔，他为什么会吸引这么多杰出的青年物理学家聚集在他身边时，玻尔回答说："我只是不怕在年轻人面前暴露自己的愚蠢。"在 1961 年他访问苏联的时候，有人问他："您是怎样成功地创建了第一流的理论物理学学派的？"玻尔不假思索地回答说："可能因为我从来不感到羞耻地向我的学生承认——我是傻瓜。"

是的，在哥本哈根大学理论物理研究所，总是经常聚集五六十名外国物理学家。海森堡、狄拉克、泡利、朗道等都先后在玻尔身边学习、工作过。许多著名理论物理学家都怀着自豪而崇敬的心情，快乐地称自己是玻尔的学生。一时"哥本哈根学派"成为专用名词。玻尔与这群人一起和谐共振，为量子力学做出了许多重大贡献。在科学史上人们发现，创立量子力学，完善玻尔理论的科学家中，多数都是青年科学家，而且都去过哥本哈根，这绝不是巧合。

"不怕暴露自己的愚蠢"，是一种睿智，更是一种心态——一种只有具备美德的人才可能有的健康心态。

在中国的一家杂志 2002 年第 2 期上，发表了一篇题为《专家谈我国和诺贝尔奖的距离》的文章。文章说："国外科研人员保持着良好的梯队结构，一个大师级的人物周围往往会聚成一个学派，形成丰富多彩的研究风格；而在国内，如此融合、和谐而又生动的学术氛围并不多见。"我们用这一观点，照一照哥本哈根学派的成功，看一看玻尔和茅以升的"不谋而合"，比一比"我国和诺贝尔奖的距离"，能不得到有益的启示吗？

天壤之别两老师
——玻尔与汤姆森、卢瑟福

玻尔于 1911 年完成在丹麦哥本哈根大学的全部学业之后，就直奔英国剑桥大学卡文迪许实验室，拜这个实验室的第三届主任（1884—1919 在任）——以发现电子闻名于世的英国物理学家约瑟夫·约翰·汤姆森（1856—1940）为师。

约瑟夫·约翰·汤姆森

个性直爽的玻尔觉得老师的原子结构模型——"面包夹葡萄干模型"（也称"西瓜模型"）有些缺陷，就走进约瑟夫·约翰·汤姆森的房间，谈了自己不同的看法。不料，"来时觅食鸟，去时雨淋鸡"——他这一谈，竟被老师泼下一盆"冷水"。不但如此，还得罪了老师：初投门下的"无名小卒"，竟敢向我——1906 年诺贝尔物理学奖的唯一得主的原子模型开火！就这样，玻尔的论文没有能够在英国发表。不到几个月，玻尔就怀着失望的心情，悄然离开了老师。

这场风波对玻尔是一个打击，但"坏事"总不是绝对的"坏"。后来的事实表明，这对玻尔一生的转折以至对物理学的发展，倒成了一件好事。

这又是为什么呢？

原来，玻尔离开约瑟夫·约翰·汤姆森后不久，就从朋友口中得知英国物理学家卢瑟福（1871—1937）一向关心青年，于是他转而投向曼彻斯特大学，在卢瑟福的实验室里工作。在此之前几个月的1911年3月7日，卢瑟福也发表了他不同于汤姆森的原子模型——原子的"核式结构模型"。

玻尔发现卢瑟福的模型也有缺陷，但"一朝被蛇咬，三年怕井绳"，他却不敢贸然向卢瑟福摊开自己的看法——怕再遇到约瑟夫·约翰·汤姆森式的怒火。在经过一段时间激烈的思想斗争之后，他终于怀着惴惴不安的心情，敲响了卢瑟福的书房大门。

卢瑟福热情地接待了玻尔，并仔细地倾听了他的看法。卢瑟福惊叹学生的勤奋与创造精神，鼓励他把研究成果整理成论文。论文初稿出来之后，又提出了重要的修改意见。经过师生俩一连几个长夜倾谈，并逐字逐句推敲，改定了这篇论文。卢瑟福将它和玻尔回国后又写出的另外两篇论文推荐给英国《哲学杂志》，其中一篇名为《原子和分子结构》。这些论文于1913年在这个杂志上发表以后，在国际物理学界引起极大的轰动。

玻尔在论文中提出了原子结构的"玻尔模型"，也叫"卢瑟福－玻尔模型"。玻尔模型被爱因斯坦称为"最伟大的发现之一"。他的

卢瑟福

成就，有一半应归功于与汤姆森对待新生事物态度截然相反的、德行高尚的老师——卢瑟福。

1895年卢瑟福在剑桥三一学院的时候，曾是约瑟夫·约翰·汤姆森的研究生。看来，他在提携"后人"上，和老师有天壤之别——比老师更具有崇高的道德。

卡皮查归国以后

——卢瑟福"移樽就教"

1919 年 4 月 2 日，卢瑟福接替约瑟夫·约翰·汤姆森，成为第四届卡文迪许实验室主任（1919—1937 在任）。

1921 年，剑桥大学卡文迪许实验室来了一个才华横溢的青年人——苏联的卡皮查（1894—1984）。在卢瑟福的指导下，蓄势待发的卡皮查不久就在实验物理学方面锋芒毕露，成了卢瑟福最得意的弟子和有力的助手。

1930 年，英国皇家学会按照卡皮查的设计，建造了一个在当时最先进的实验室——蒙德实验宝。卢瑟福高兴地推荐卡皮查去主持这个实验室。

4 年以后，卡皮查回苏联参加一次会议。不久，苏联方面通知卢瑟福说，卡皮查不再回来了。对此，卢瑟福非常伤心。因为卡皮查在低温物理学领域已经开拓了极有价值的研究，形势如日中天，而当时的苏联不可能提供像剑桥那样先进的设备，因此有可能使这一研究虎头蛇尾。

在向苏联方面呼吁失败之后，为了使低温物理学的研究不至于半途而废，卢瑟福就提议把整个蒙德实验室搬到苏联去，以便卡皮查能够继续他的研究。他的"双赢提议"，得到英、苏双方的赞同。

更为可贵的是，卢瑟福还保证卡文迪许实验室不仿造卡皮查的设计，不在同一课题上重复竞争。

苏联政府为这套设备支付了 3 万英镑，卢瑟福也全部交给英国皇家学会和其他科学团体。

卢瑟福的"移樽就教"很快就收到了实效：1938 年，卡皮查就发现了第二种液态氦的超流现象，还取得了一系列低温物理学方面的重大成果。

1978 年，84 岁的卡皮查成为当年诺贝尔物理学奖的三位得主之一。他获奖的成果，正是上述他在剑桥设计的液化氦的装置和在低温物理学方面的重大贡献……

此时，如卢瑟福有知，当安眠于地下——为此做"嫁衣裳"的卢公已悄然离去 41 年了！

丹麦物理学家玻尔曾经说过："科学没有国界，它的成就是全人类的共同财富。"这里，玻尔为他的恩师——卢瑟福的"移樽就教"，做了诗一般优美的诠释，而卡皮查也没有辜负恩师卢瑟福的希望，使"全人类"都得到了"共同的财富"。

国王丢了一头骆驼，就发布告说，谁找到就送给谁。别人问他："这对你有什么好处？"他回答说："好处有两个：我找到了骆驼，很高兴；别人得到了骆驼，也很快乐。"卢瑟福就是这个伊朗寓言中的圣君——应该多多益善的圣君！

"君子协定"也兑现

——卢瑟福善待汤姆森

在剑桥大学的校园里，有一座世界著名的实验室——卡文迪许实验室。它是 100 多年来实验物理学的圣地。它的"开山教主"——第一届主任就是大名鼎鼎的英国物理学家、经典电磁场理论的奠基者麦克斯韦（1831—1879）。第三、第四届主任我们

卡文迪许实验室：素朴淡雅的墙面上雕刻着实验室名称

已经提到，而第二届主任（1879—1884）是英国物理学家、化学家瑞利（1842—1919）。第五到第九届主任分别是：布拉格（1890—1971，1938—1953 在任），莫特（1905—1996，1954—1971 在任），皮帕德（1920—2008，1971—1984 在任），爱德华兹（1928—2015，1984—1995在任），弗伦德（1953— ，1995至今在任）。

卡文迪许实验室——世界上第一个基础科学的集体科研机构，始建于 1871 年，建成于 1874 年。由第七代德文郡公爵、当时的剑桥大学校长威廉·卡文迪许（1808—1891）私人捐资 8 450 英镑（包括买仪器设备）兴建。其命名是为了纪念他的近亲亨利·卡文迪许（1731—1810）——他以用卡文迪许扭秤"称"地球闻名于世。它的规模不断扩大，直到 20 世纪 70 年代还在扩建。截至 2019 年 4 月，

从这个实验室走出的诺贝尔奖得主已不少于 29 人。

麦克斯韦　　　　瑞利

1919 年 4 月 2 日，卡文迪许实验室第四届主任的权杖传到卢瑟福手中。此时，他考虑最多的是如何处理好与自己的恩师、前一届主任约瑟夫·约翰·汤姆森的关系。因为正是在这里，他在老师的指导下开始了探索原子奥秘的征程。8 年前，他"敲碎"了老师的"西瓜模型"，如今又要接手这位已 63 岁的老学者苦心经营多年的实验室。处理得不好，很容易刺痛老师的心。

思来想去，卢瑟福写写了一封措辞诚恳的信，请求约瑟夫·约翰·汤姆森不要中断实验室的工作。为了慎重起见，他又亲自起草了一份"君子协议"：对从职权划分到房间使用等所有细节，都做了规定和说明。然后请老师修改和补充，最后共同签名。

在以后的岁月里，卢瑟福一直恪守协议，在实验室里为约瑟夫·约翰·汤姆森保留着最好的房间和设备，配置特定的助手和研究生。这样，两位大师间的友谊并没有因这个人事上的变动而受到影响。

卢瑟福这个没有"过河拆桥"的"君子协议"，既保证了卡文迪许实验室的"新陈代谢"，也不会让约瑟夫·约翰·汤姆森有"雕栏玉砌应犹在，只是朱颜改"的悲凉，在科学史上传为美谈

布拉格　　　莫特　　　皮帕德　　　爱德华兹　　　弗伦德

佳话。

　　卢瑟福的明智做法，对我们建设和谐社会、调动一切积极因素，应有所启示。

卡文迪许　　　　　　　卡文迪许实验室新址

一诺千金不赖账

——卢瑟福"新价"还镭款

镭，是一种宝贵的放射性物质——20世纪二三十年代的价格大约是10万美元/克。自从1898年居里夫妇发现它以来，哪一个核物理学家不想得到一点呢？

第一次世界大战前，英国科学家们就没有足够的镭供科研使用。于是，英国人由卢瑟福经手，向奥地利维也纳科学院借了一批镭，以供实验急用。

战后，奥匈帝国战败垮台。此时，乘人之危的英国政府企图以"敌产"为借口，赖掉这笔账——不归还战前借的那批镭。

卢瑟福知道，为了重建实验室和振兴科研活动，战败国的同行们资金极其缺乏——奥地利学者们最需要的是硬通货。于是，他一方面向英国政府和英国皇家学会反复说明战前借的那批镭的来源和用途，让他们不要"赖账"；一方面给奥地利物理学家迈耶尔写信联系，商量以何种方式归还。在征得对方同意以后，决定按战后上涨了的新价格来支付这笔镭款。

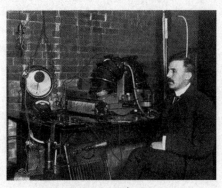

实验室里的卢瑟福

在卢瑟福的大力斡旋下，英国皇家学会终于拨出了一笔巨款，支付给了维也纳的原子研究所，让奥地利的物理学家们得以度过战后最艰难的岁月，使有关研究得以继续。

不去美国求高薪

——霍金"爱剑桥这块土地"

2002 年 8 月 2 日，热浪还在袭击北京，一批"明星"——世界各地参加第 24 届国际数学家大会开幕式的"明星"相约在这里。他们之中有诸如因创立"纳什均衡论"，从而独享 1994 年诺贝尔经济学奖的美国数学家约翰·纳什（1928—2015）等科学大家，但最耀

霍金

眼的"星辰"却是"轮椅上的勇士""身残志坚的奇才"——史蒂芬·霍金（1942—2018）。

霍金对科学的贡献很多，例如 1974 年他在"黑洞理论"方面的研究成果就是其一。

1 月 8 日，这似乎是一个"命中注定"的日子。1942 年的这一天，被称为"当代爱因斯坦"的霍金，在牛津小镇一个医学家的屋子里呱呱坠地；而 300 年前的"同一天"，"昨夜星辰"——超级大物理学家伽利略，在意大利阿西特里的别墅内羽化升天。

1975 年，作为有杰出成就的科学家，霍金被梵蒂冈教皇厅科学院授予庇奥斯十二世金质奖章——由年近八旬的第 262 任梵蒂冈教皇（1963—1978 在位）保罗六世（1897—1978）亲自颁奖。1979 年，霍金出任剑桥大学卢卡斯讲座的数学教授，300 多年前，牛顿就是从他的让贤的老师巴罗那里继任这一职位的，是最高荣誉的象征。于

是，霍金用多年没有拿笔的手，签上他一生中的最后一次亲笔签名……

1985 年 8 月，在日内瓦欧洲共同体原子能研究机构工作的霍金患了肺炎。由于呼吸管肌肉衰弱，不能靠自己的力气呼吸，只好切开气管植入人工呼吸装置，但却从此失声。

米顿

霍金虽然功成名就，但仍然囊中羞涩，经济拮据。1982 年后，他的病情虽然没有进一步恶化，但却需要更多人看护，需要更多医疗费，夫人没有固定收入、儿子（老大）罗伯特·霍金（1967— ）上大学、女儿（老二）凯瑟琳·露茜·霍金（1970— ）上高中……如果霍金只靠大学退休金，已难以为继。

在这种窘境下，霍金想到了剑桥大学出版社的英国天文学家、科学作家西蒙·米顿（1946— ）。米顿曾要霍金写一本关于宇宙论的科普书——著名的《时间简史：从大爆炸到黑洞》（*A Brief History of Time: From the Big Bang to Black Holes*，简称《时间简史》——*A Brief History of Time*）。霍金先是与剑桥大学出版社签约，后来美国潘德姆·戴尔出版集团（Bantam Dell Publishing Group——意译为矮脚鸡·戴尔出版集团）更感兴趣，经过三方交涉，最终于 1988 年在美国出版。"历史上最伟大的、不曾读完的书"——《时间简史》的

《时间简史》

第一版，当天就几乎销售一空，并连续 237 个星期（4 年半）荣登英国《星期日泰晤士报》（*Sunday Times*）"最畅销书"榜首；就像中国西晋文学家左思（约 250—305）的《三都赋》那样"洛阳纸贵"。这样，霍金的经济危机总算得到缓解。现在，这本书已被译成 40 多种文字，畅销超过 2.5 亿册，为他带来了近 1 亿英镑的收入。

米顿出版的最著名的书，是弗雷德·霍伊

尔（1915—2001）爵士的传记。"宇宙大爆炸理论"的反对者——弗雷德·霍伊尔，是一位英国天文学家、宇宙学家、科幻小说作家，他和他的儿子杰弗里·霍伊尔（1941—）合著的书有 10 多本。

这时，有人劝说霍金赴美求职，薪金要高出好几倍，但霍金坚决予以拒绝。他说，有了剑桥才会有我，我研究的目的不是为了金钱，因为我爱的是剑桥这块土地，不会离开这里……

"默默地他走了，正如他默默地来。他默默地招手，作别东方的云彩……"仿中国诗人徐志摩（1897—1931）的《再别康桥》，我们不妨为霍金来一次"鹦鹉学舌"，唱一首《首别北京》。

虽然霍金走了，然而 2002 年夏秋那些时髦的名词——大爆炸、大霹雳、大挤压，白洞、黑洞、空洞、虫洞，壳理论、弦理论、超弦理论、膜理论，奇点……却在我们耳边久久回荡。2002 年 8 月 13 日 15 点，霍金那用声音合成器合成的"金属声"，仍在神州大地上混响。那本《时间简史》，则再次被精明的书商摆上了中国的大书店、小书摊……看这本书已成为一种时尚的标志。此时，我们不妨时髦地穿上"皇帝的新衣"——不在乎别人说自己懂或者不懂霍金和宇宙，因为我们实实在在感受到了一次科学的熏陶，这至少可以"五十步笑百步"——比盲目追那些本不应该狂追猛逐的"星"，强许多倍。

不过，在"追"霍金这一科学之"星"的同时，我们也应当保持一丝清醒。霍金的许多理论，虽未被证伪，但也未被证实——正如相对论一样，它们必须经过严格的逻辑证明和接受时间的检验；而且还应倾听不同的声音。例如，对于阐述超弦理论，美国数学家兼物理学家、1990 年菲尔兹奖的四位得主之一——爱德华·威顿（1951—　）的理论，曾被学术界引用过 5 万多次，而霍金的只被引用过 1 万多次——虽然引用次数并非评判理论是否正确的标准。

霍金的真正魅力和价值并不在于他的

霍伊尔

科学理论，而在于他身残志坚的探索精神，在于他在"阳春白雪"与"下里巴人"之间建立科学纽带的尝试与作用。例如，为了使《时间简史》更加通俗化，他整本书只用了一个公式——爱因斯坦的质能公式 $E=mc^2$。这是基于米顿对《时间简史》的建议："书中每出现一个方程都将会使你读者减半。"在

威顿

于他"爱的是剑桥这块土地"的爱国主义精神。在科教兴国的今天，这些才是真正的无价之宝。

不过，在牛津大学当了3年划船队长的霍金并不是幸运儿。1962年，他不幸患上了被称为 ALS（卢伽雷病或肌萎缩侧索硬化）的不治之症，被医生判了"死缓"："只能活两年。"

霍金曾一度失去生活的勇气。不过，在一次家庭宴会上，霍金认识了简·贝里尔·瓦尔德（1944—）小姐——一位作家兼教师。在她的鼓励下，他终于恢复了生活的勇气；并在牛津大学毕业后选择了剑桥大学研究院，成为丹尼斯·威廉·斯阿豪·席阿马（1926—1999）的研究生。1965年，霍金出任权斯大学特别研究员，瓦尔德小姐也大学毕业。同年，两人喜结连理，终成伉俪。1990年，两人离异。5年以后的1995年，霍金又与贴身护士伊莱恩·梅森（Elaine Mason）结了婚。2006年11月19日，他又和梅森离婚。据说，他这次离婚是因为爱上了身边的一位美女护士。

霍金与第一任妻子简

2018年3月14日，又一个"命中注定的日子"——爱因斯坦的生日（1879），霍金羽化升天。也就是说，在"白色情人节"的这一天，霍金是到"天堂"与他的"情人"——爱因斯坦过"生日"去了！同年4月1日举行

葬礼之后，霍金的骨灰安放在西敏寺大教堂，当了牛顿的"邻居"；而他在 60 岁生日时希望刻在墓碑上的"黑洞熵公式" $S = \dfrac{Akc^3}{4hG}$（式中 S、A 分别为黑洞熵、黑洞事件的视界面积，k、h、G、c 分别为玻尔兹曼常量、普朗克常量、万有引力常量、真空中的光速常量）——一个把量子论、相对论漂亮地结合在一起的公式，也将与"天地"共存！

霍金与第二任妻子伊莱恩：2006 年 5 月 6 日，巴黎

四个"永怀"垂青史
——空难时胸抱核资料

1968 年 12 月 5 日，北京，中国"应用语言学之母"李佩（1918—2017）女士家。突然，一大群神情凝重的人缓缓地走了进来。当时还在合肥中国科技大学工作的李佩被紧急电报叫到北京，她一进家门面对这满屋子的人，就立刻预感到了一点不祥。

郭永怀

果然，李佩的预感被证实了，但她强扛着没掉一滴眼泪。后来采访时，李佩的外甥女陪同在她身边，回忆当时情形，她说："姨妈一言未发，就站在阳台，久久望向远方……"

当天凌晨，首都机场上空，一架从中国西部核试验基地附近飞来的民航飞机，呼啸着从天而降，眼看离地面仅 400 多米，马上就要着陆了。突然，一团火球伴随浓烟拔地而起——空难发生了，罹难者之一就是李佩的丈夫郭永怀（1909—1968）。这一年，正是他们结婚 40 周年。

"这是考验人的灵魂的时代。"美国独立战争时期（1775—1783）的美国（出生在英国）思想家、作家、革命家托马斯·潘恩（1737—1809）在 1776 年说。

是的，"人固有一死"。那么，郭永怀在明知必死之前在想些什么呢？当然，我们无从知晓。然而，我们却不难从两具紧抱在一起被烧焦的遗体——郭永怀与其警卫员牟方东的遗体中找到非常准确的答案：人们在费尽全力才分开的两具遗体的胸前，看到了一个装着完好无损的一捆氢弹绝密资料的皮质公文包！

看到眼前的一切，在场的人都跪地痛哭。消息第一时间传到国务院，总理周恩来失声痛哭，良久不语。郭永怀亲如兄弟的"大师哥"钱学森知道这一消息之后，更是号啕大哭……

谁不想死里逃生？谁不想抓住飞机上那事实上绝对不中用的任何"救命稻草"？可是，郭永怀和牟方东却一起抱着"更不中用"的公文包！

鉴于乘飞机相对不安全，临出发之前，有人劝郭永怀坐火车。可郭永怀回答说："我国航空工业正是发展时期，我们都不敢坐，谁敢坐？"于是，为了尽快赶到北京，他义无反顾地选择了风险更大的飞机……

2002年12月4日夜，中央电视台第一套节目，播出了访谈当年曾和郭永怀一起战斗过的一批中科院院士等科学家的节目——《世纪之约·科学家的科学人生》。当回忆起郭永怀的一系列动人事迹和临死前唯一想到的是国家机密时，34年以后的这些老人个个都泣不成声！

郭永怀在完成南开大学和北京大学的学业之后，他和钱伟长、林家翘（1916—2013）一道远涉重洋，于1940年9月（8月动身）到了加拿大多伦多大学应用数学系，师从爱尔兰数学家、物理学家约翰·莱顿·辛格（1897—1995）。后来又到美国加州理工学院，和钱学森一起师从世界气体力学大师冯·卡门（1881—1963）。1945年到了康奈尔大学之后的次年秋天，郭永怀开始在该校威廉·西尔斯（冯·卡门的大弟子）航空科学部的基础上创办的航空工程研究生院任教。在钱学森于1956年6月归国后的11月（9月30日动身），他也毅然放弃在美国获得的荣誉和优厚的待遇回国。

郭永怀和钱学森、钱伟长、林家翘等都是冯·卡门的学生，而且都从国外学成归来报效祖国。在海外学成归来，报效祖国的学子，除我们提到的，还有一串长长的、没有写完的名单：黄昆、吴有训、谈家桢、王应睐、叶渚沛、涂长望、梁思成、刘晨晖……

回国后的郭永怀，成为中科院数学物理化学部的学部委员（即后来的院士），曾任中科院力学研究所副所长、二机部九院副院长、中国科学技术大学化学物理系主任、国防科委空气动力学专业组成员和空气动力学研究院筹备组副组长等职。

1957 年，郭永怀参加中国空气动力学研究院的筹建工作。他与钱学森一道，为该院规划了蓝图，为以后空气动力学研究发展中心的建设奠定了基础……

郭永怀不幸罹难的 13 天后，也就是 12 月 18 日，被中国内务部授予烈士称号。人们为了永远怀念他，修了一座"永怀亭"。在中科院力学研究所大院东侧的绿荫丛中，有一座汉白玉雕像，那是 1988 年 12 月 5 日人们为他树立的。当然，比这更长久的是，他为中国力学研究的贡献，对中国"两弹一星"的贡献。于是，我们故事的题目就有了——《四个"永怀"……》：郭"永怀"把核资料"永"远抱在"怀"中，人们为他修了"永怀"亭，以寄托"永"远"怀"念的无尽哀思。

郭永怀牺牲后的第 22 天，中国第一颗热核导弹试验成功……

对于郭永怀的重要性，被称为"抵得上五个师"的钱学森谦虚而真诚地说："假使我的价值能够抵得上五个师，那么有一个人的价值至少要达到了十个师。"钱学森说的"一个人"就是指郭永怀！

"能抵得上五个师"一语，是 1950 年任美国国防部海军次长丹尼尔·金布尔（Daniel A.Kimbel）在华盛顿说的。这里的背景是：1950 年 8 月 23 日，钱学森造访金贝尔，金布尔得知美国司法部准备把钱学森放回中国。钱学森走后，他立即拨通了司法部的电话："决不能放走钱学森，他知道的太多了，我宁可把这家伙枪毙了，也不让他离开美国，因为无论在哪里，他都抵得上五个师。"

郭永怀的重要性还能从这个事实看出来：他是中国唯一的一位在原子弹、氢弹和卫星领域都做出巨大贡献的科学家，也是总共 23 位"两弹一星"（当时的"两弹"是指原子弹和导弹，而不是指后来的原子弹与氢弹）元勋中唯一以烈士身份被追授"两弹一星"功勋奖章的科学家。

郭永怀雕像

"科学要为祖国和人民服务"
——钱三强夫妇和老师

1948 年 5 月，一组师生——两对夫妇，在巴黎依依惜别——"今后天涯愿长相忆，爱心永不移"。

老师是"小居里夫妇"。小居里夫妇中的丈夫，婚前叫让·弗雷德里克·约里奥（1900—1958，以下简称约里奥），是卓越的科学家居里夫妇的大女婿，担任法兰西学院的讲座教授。他的妻子婚前名伊雷娜·居里（1897—1956，以下简称伊雷娜），是居里夫妇的长女，在母亲逝世后接替母亲主持巴黎大学镭学研究所居里实验室的工作。小居里夫妇互相尊重，两人都用复姓——约里奥·居里，所以丈夫又叫让·约里奥·弗雷德里克–居里，妻子又叫约里奥·伊雷娜·居里夫人。这对夫妇也因为对放射性等的研究成果，共享 1935 年诺贝尔化学奖。

学生是中国的钱三强（1913—1992）与妻子何泽慧（1914—2011）。1936 年，23 岁的钱三强从清华大学物理系毕业后，由系主

波特　　　　　钱三强　　　　　何泽慧

任吴有训（1897—1977）教授
推荐，进入当时的北平研究院
物理研究所工作。第二年，在
所长严济慈教授的鼓励下，他
考取了法国巴黎大学的镭学研
究所，指导他的导师就是著名
的小居里夫妇。这时，何泽慧

钱学森　　　　　　钱伟长

在德国海德堡跟沃尔特·威廉·乔治·波特（1891—1957）学习。波
特是当时公认的德国最优秀的实验核物理学家——曾与另一位德国物
理学家马克斯·玻恩（1882—1970）分享 1954 年诺贝尔物理学奖。
何泽慧是钱三强在清华大学的同班同学，彼此早有深厚的感情。1946
年 4 月，她结束了在海德堡的工作，前往巴黎与钱三强结了婚，在实
验室并肩工作。

　　约里奥是一位巴黎公社社员的儿子。他热情奔放，机智果断，具
有出色的组织才能，既是一位杰出的科学家，也是一位正直的社会活
动家。伊雷娜则像她母亲一样沉默寡言，总是埋头于实验。小居里夫
妇很同情正在被日本帝国主义铁蹄践踏下的中国，高兴地收下并指导
钱三强这位来自受压迫国家的学生。具体指导钱三强做博士论文的则
是伊雷娜。她征得丈夫的同意，让钱三强先到法兰西学院约里奥主持
的实验室学习——这个实验室有当时法国最先进的设备，包括法国第
一台回旋加速器。

　　约里奥经常对钱三强说："要为科学服务，而科学要为祖国和
人民服务。"这句话深深地扎根在钱三强的心里。是啊，自己就是背
负着中华民族 100 年来落后挨打的屈辱，为了振兴祖国的科学，才来
异国学习的。他牢记老师的这一教导，刻苦地学习和研究核物理学。

　　"我在青年时代侨居法国期间，在法国著名科学家约里奥·居里
和他的夫人伊雷娜的实验室里学习和工作了 11 年多。"钱三强在回
忆自己怎样走上人生之路的时候，曾经深情地说，"和这两位科学家

相处的那些日日夜夜，他们对科学的献身精神，对被压迫民族和人民的强烈同情心，给我留下了深刻的印象，给我以很大的影响，使我终生难忘。"

第二次世界大战以后，钱三强受小居里夫妇的委托，为实验室培养新的研究生。

1946年，钱三强夫妇带领一个小组，深入研究铀的裂变现象，先后发现了铀核的"三分裂"和"四分裂"现象。这些发现，使人们对原子核裂变有了进一步认识。夫妇俩也赢得了"中国的居里夫妇"的美称。法国有关方面表示，他们一家人可以在法国长期居留下去。这时的钱三强已经担任了法国国家科学研究中心的研究导师，生活条件比初到法国的时候好得多了。

随着中国人民解放战争的节节胜利，钱三强夫妇更加思念祖国了，他们迫切希望能用所学的知识，为未来的新中国服务。是啊，早在中学时代，钱三强就读了孙中山著的《建国方略》，立下了研究科学，使祖国繁荣昌盛的志向——他到法国留学，就是为了这个目的。

1948年，钱三强夫妇准备回国的想法，得到中共驻欧负责人刘宁一（1907—1994）的热情赞同。

钱三强也向小居里夫妇吐露了自己的心声。两位老师虽然舍不得他们离开，但听了他们回去要把知识献给祖国的打算后，也欣然赞同，积极支持。约里奥紧握钱三强的手说："我要是你，也会这么做的！"伊雷娜也勉励说："祝愿你回去以后，为你的祖国和人民好好服务。"这些话语，凝结着他们师生之间，也是中法两国人民之间的深情厚谊。

临行前，约里奥·居里夫妇交给钱三强一份双双签名的鉴定书，其中写道："我们可以毫不夸大地说，近十年来，在我们指导下的这一代科研人员中，他（钱三强）是最优秀者。"

1948年5月，钱三强夫妇怀抱着刚半岁的女儿祖玄，恋恋不舍地告别了朝夕相处的老师——小居里夫妇，告别了法兰西，登上了回

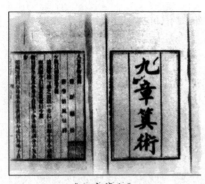

《九章算术》

国的海轮……

钱三强没有辜负老师的期望。他始终牢记，实践老师当年"要为科学服务，而科学要为祖国和人民服务"的教导，成为中国的"原子弹之父"。但他却反对这一称呼，说工作是大家做的。

敬爱的周恩来（1898—1976）总理曾称赞钱学森、钱伟长（1912—2010）、钱三强为中国科学界的"三钱"。于是，在1953年钱三强率华罗庚、赵九章等10多人出国考察途中大家谈古论今时，就有了华罗庚著名的妙联：三强韩赵魏，九章勾股弦。这里的"三强"和"九章"都一语双关。《九章算术》一书中有"勾股（弦）定理"的内容。《九章算术》是流传至今的最早和影响最大的一部中国古代数学巨著。赵九章（1907—1968）是中国著名的气象学、地球物理学和空间物理学家，"两弹一星勋章"得主。

请读者朋友注意，这里的"两弹"，当时是指原子弹和导弹，而不是现在所指的原子弹与氢弹。2007年10月29日，在北京召开了赵九章百年诞辰纪念会。在会上，他的亲属接受了"赵九章星"命名证件和照片，这颗小行星是1982年2月23日由南京紫金山天文台发现的。同时，国际空间研究委员会决定，同中国科学院联合设立"赵九章科学奖"，以表彰他推动重大空间科学和探测计划等做出的重大贡献。这个奖项是首个以中国科学家命名的国际科学大奖，在2008年7月召开的第37届世界空间科学大会上首次颁发，以后每两年颁发一次。

2003年10月16日，钱三强诞辰90周年，第二天即17日，中国科学院国家天文台就宣布，把中国科学院发现的25240号小行星命名为"钱三强星"，以纪念他对中国原子能科学的开创性贡献。

五年归国路漫漫

——冲破牢笼的钱学森

1950 年 8 月初的一天，美国移民局（一说联邦调查局）局长接到一个电话。打电话的人气急败坏地说，他"知道得太多了，他无论走到哪里，都抵得上五个师！无论如何不能让他走"！局长回答说，他"并没有加入美国国籍，禁止他回国，会不会引起舆论……"打电话的人不耐烦地打断局长的话："不，我宁可把这家伙枪毙了，也绝不让他离开美国！"

谁在电话中这么丧心病狂地叫嚷？"他"又是谁？

1935 年夏，钱学森辞别父母，乘美国"杰克逊总统"号海轮赴美深造。

1947 年，钱学森母亲去世。同年夏天，36 岁的钱学森回到上海，安慰年迈的父亲，并与 27 岁的留学德国的女高音歌唱家蒋英结婚。

婚后的钱学森，面临着去留的问题。他原来打算不再回美国，但回国后的所见所闻，实在不敢相信这是真的：罢工、罢市、罢教、罢课——家常便饭，反内战、反饥饿、反暴行的游行示威——不绝于市，混乱、丑恶、黑暗、凄凉——随处可见，官僚腐败、物价飞涨、近代版的"朱门酒肉臭，路有冻死骨"，特务军警密布，如临大敌，豺狼当道，危机四伏……

报国仍然无门！钱学森伉俪只得又去了美国。

1949 年 5 月 20 日，钱学森收到了别人转来的曹日昌（1911—

1969）教授 5 月 14 日写给他的信。作为中共党员的曹日昌在信中告诉他，中华人民共和国即将诞生，并希望他尽快返回祖国，为新中国服务，领导新中国的航空工业建设。

1949 年 10 月 1 日，中华人民共和国成立。这振奋人心的好消息使钱学森内心激动得难以平静。他向十几位中国留学生通报了新中国诞生的消息，商讨尽快回国的办法。钱学森在美国奋斗了 14 年，功成名就，声名远播。丰厚的物质生活待遇，优越的科研条件并没有留住他的心。其实，早在上海交大读书时，他就与同学戴中孚说过："现在中国政局已乱，我要到美国学技术，学成之后一定回来为祖国效力。"

实际上，钱学森一回美国就做着随时回国的准备。他从麻省理工学院回到加州理工学院担任喷气技术教授之后，就埋头研究工作，很少接待来客，很少积攒钱财，连人寿保险都没有办。虽然归心似箭，但现实情况却使他不敢贸然行动——他深知自己较深地介入了军事技术工作，美国军方绝不会让他轻易离去。

钱学森开始准备回国的实际步骤。他先申请退出美国空军咨询团，辞去兼任的美国海军炮火研究所顾问的职务，但军方迟迟不予批准。虽然第一步未能如愿，但钱学森却沉得住气，密切注视着事态的发展。

1950 年，朝鲜战争爆发，美国国内用法西斯手段迫害民主进步人士，麦卡锡主义横行。他们要钱学森揭发实验室里一位已被判坐牢的化学研究员威因鲍姆是共产党——他是因为和钱学森共同爱好古典音乐，被钱介绍到火箭研制组的。遭到钱学森严词拒绝后，调查官员十分恼火。他们要给持"不合作态度"的钱学森"一点颜色"看看，就指控他 10 多年前曾参加过"美共第 122 地方支部聚会"的"事实"，吊销了他参加机密研究的证书，剥夺了他继续进行喷气技术研究的资格。正是，"欲加之罪，何患无辞"！

钱学森气愤之余冷静地想到，这不正是自己正式向当局提出回国要求的有利时机吗？

1950 年 5 月的一天，钱学森径直来到海军部次长丹尼尔·金布尔的办公室。

金布尔十分赏识钱学森的才华，对他十分器重并优待有加。虽然他将钱学森的辞呈压了很久，也想到过他可能准备回国，但没想到他走得这样快；因此，当钱学森来到他面前的时候，他不禁愣住了。

"次长先生，我是来向您辞行的，我已准备动身回国了。"钱学森彬彬有礼地说。

"钱先生，这是为什么呢？"金布尔不解地问。

"次长先生，我受到了麦卡锡主义的无理迫害，他们吊销了我参与机密研究工作的证书。联邦调查局还把我当'间谍'嫌疑调查，我已经无法在美国继续工作了，我准备马上回祖国去！"

钱学森想不到的是，他的辞行竟然大大激怒了这位上司。金布尔完全懂得钱学森的价值，出于对共产党的敌对情绪，他绝不情愿让这位稀世之才为"红色中国"所用。

于是，就有了故事开头金布尔打给局长的电话。

1950 年 8 月 23 日午夜，钱学森夫妇从华盛顿回到洛杉矶。他们缓缓地步下舷梯，准备回家好好休息，因为他们已办好了回国的一切手续，托运了行李，向亲朋好友做了告别，还拿到了两张加拿大航班的机票……

正当他们将要离开机场的时候，移民局一位官员突然拦住了他们的去路，随之递过来一份文件。钱学森被突如其来的文件弄懵了，只见文件上写着："凡是在美国受过像火箭、原子弹以及武器设计这一类教育的中国人，都不准离开美国，因为他们的才能会被利用来反对在朝鲜的联合国武装部队。"

钱学森夫妇气愤地回到了加州理工学院，得知美国海关已非法扣留了他的全部行李，更是忧心忡忡。行李中 800 多千克书籍和笔记本，是自己 20 多年艰辛求索的结晶，是准备奉献给祖国的一份特殊

"礼物"，是用金钱也难以买到的无价之宝呀！然而，现实无情——胳膊拧不过大腿。

半个月后的 1950 年 9 月 9 日，联邦调查局的特工人员借口"间谍"罪，逮捕了钱学森并将他押往特米那岛的拘留所。钱学森在监管期间忍受着种种变相的刑罚，晚上每隔 l0 分钟要亮灯一次，天天无法入睡。

1955 年踏上"克利夫兰总统"号归国前的钱学森一家

美国当局对钱学森的迫害，激起了许多美国朋友的愤怒和留美中国人的强烈抗议。钱学森的老师、美国空气动力学家西奥多·冯·卡门（1881—1963）中断了欧洲的访问，提前回国，联络了加州理工学院师生与各界人士向移民局提交抗议，呼吁立即释放钱学森。美国教育家、物理学家、该学院院长（1946—1969 在任）李·艾尔文·杜布里奇（1901—1994）也亲自到华盛顿与当局交涉。

迫于各界的强大压力，移民局只好在 9 月 22 日通知钱学森交纳 15 000 美元保释金，以换取释放。在关押了 14 天才被释放之后的钱学森，身心受到严重摧残，减少了 30 磅（约合 14 千克）。

震惊旅美华人的"钱学森事件"，使留美中国学生看清了美国当局的险恶用心，纷纷决定提前回国。

冯·卡门

从拘留所回家的钱学森仍然执教于加州理工学院，但继续被监视，不准远行，住宅随时被搜查，信件电话被监控，除非放弃回国的要求，听从当局的安排，不然处境不会改变。可钱学森"流在心里的血，澎湃着中华的声音"，他归国的决心坚如磐石！

此时，我们想起了苏联作家西蒙诺夫（1915—1980）的诗句：

等着我吧，

我会回来的！

面对美国强大的国家机器，钱学森要想早日回归祖国，必须想一个"金蝉脱壳"之计。

钱学森决定"以子之矛攻子之盾"，来个"曲线回国"。他迅速化解了屈辱和悲愤，安下心来，开始著书立说。

1954年秋，钱学森用英文精心撰写的《工程控制论》由麦克劳·希尔图书公司出版了，这是继美国科学家维纳发表的《控制论》之后的重要著作。美国当局审查了这本书以后，也不得不承认，钱学森的研究课题已完全脱离了"军方机密"，只得准许他和他的家人回国。

钱学森夫妇"暗度陈仓"，最终赢得了抗争的胜利！

忆及往事，钱学森感慨万千，他说："这段历史我绝不会忘记，它使我真正懂得了什么叫帝国主义！"

当时，中国急需像钱学森这样的科技人才，国家最高领导人都十分关注钱学森求归不得的遭遇，决心通过外交途径周旋。当时中美尚未建交，只得利用1954年4月召开的美苏中英法五国外长会议。会议期间，周恩来总理尖锐地抨击了美国阻挠留美人员回归祖国的无理行径，但因消息不通，谈判时实证不足，美方代表矢口否认。

1955年6月，钱学森怀着试试看的心理，给侨居比利时的蒋英的妹妹写信，蒋英模仿儿童的笔迹写了一信封。这封信终于逃脱了美国特工的贼眉鼠眼，转到了时任全国人大常委会副委员长的陈叔通（1876—1966）的手中，陈叔通为钱学森的拳拳爱国心所感动，收信当日就呈送周恩来总理。周总理当即交给即将赴日内瓦参加谈判的中方首席代表王炳南（1908—1988）大使，并指示他："这封信是一个铁证，说明美国当局至今仍然阻挠中国平民归国，你要在谈判中用这封信揭穿他们的谎言。"

1955年8月1日下午，中美大使级第18次会谈在日内瓦联合国大厦举行。当天，王炳南就在会上严正指出："既然美国政府早在 4 月间就发表了公告，为什么中国科学家钱学森博士还在 6 月间写信给中国政府请求帮助呢？"在事实面前，巧舌如簧的美国大使哑口无言。

1955 年 8 月 5 日，钱学森接到了美国移民局 8 月 4 日准予他离开的通知。

整整 20 年，钱学森经历了成功与失败，欢乐与灾难，荣誉与屈辱，厚爱与冷遇。今天，他终于可以离开这块给他知识和才能，又使他蒙受欺凌与折磨的土地，既爱又恨的心情久久无法平静。

1955 年 9 月 17 日，钱学森及家人告别导师冯·卡门之后，终于登上了"克利夫兰总统"号邮轮，启程回国。另一种说法是，在 9 月 30 日——正值当年中国的中秋节登上甲板，坐上回国的邮轮。

1955 年 10 月 8 日 11 点 25 分，受到了美国当局的无理迫害，罹难 5 个年头的钱学森全家终于踏上了罗湖桥头……

1989 年 6 月 29 日，在纽约召开的 1989 年国际技术与技术交流大会上，钱学森被授予"世界级科学与工程名人""小罗克韦尔奖章"和"国际理工研究所名誉成员"称号。在这一年，美国要让他当美国科学院和美国工程院双院士，政府要在白宫授予钱学森最高科学成就奖，但钱学森表示不接受，不去领奖。他说："这是美国佬要滑头，我不会上当，当年我离开美国，是被驱逐（deport）出境的，按美国法律规定，我是不能再去美国的。美国政府如果不给我平反，今生今世决不会再踏上美国国土。"这一切都表现出中国人不吃"嗟来之食"的高风亮节，是对美国政府当年迫害无辜的罪恶的声讨，对道貌岸然的美国政府企图玩暗度陈仓诡计的蔑视。

"我不爱钱"
——钱学森的"拒绝"

2009年10月31日，98岁的中国著名科学家钱学森在北京溘然长逝。对当代中国人来说，钱学森这个名字太过熟悉——除了科学上的巨大成就，最让人感动的，就是他的"拒绝"。以下是他众多"拒绝"中的10个——从这些"拒绝"中，折射出他内在的高贵品质。

拒绝满分。1933年，钱学森在国立交通大学机械系读三年级。一次水力学考试，老师金悫（1899—1983）教授给了他满分。但当试卷发下来之后，钱学森却发现了其中一处不起眼的小错——把"Ns"误写为"N"。于是他"举手发言"，主动要求扣分，结果他得了96分。

拒绝优厚待遇。1935年，钱学森赴美国留学，10年后，他成为当时一流火箭专家，在科技发达的美国也是一个屈指可数的稀世之才。美方不但为他提供了优越的生活条件和科研环境，而且还授予他军衔。中华人民共和国成立后，他毅然拒绝了这些优厚待遇，选择了回国。

拒绝署名。"把我的名字放在文章的作者中是不对的，我绝不同意，"钱学森在自己指导过的学生发表论文时，拒绝署上本人的名字，并郑重地给作者回信说，"这不是什么客气，科学论文只能署干实活的人。"

拒绝被誉为"导弹之父"。"我只是沧海一粟，"当别人称钱学森为中国的"导弹之父"时，他说，"原子弹、氢弹、导弹、卫星的研究，是几千名科学技术专家通力合作的成果，不是哪一个科学家的独创。""他一向反对这样的称呼。"从1983年起任钱学森的秘书兼学术助手的涂元季（1939— ）高级工程师说。

拒绝当校长。1947年秋，钱学森回国探亲期间，国民政府通过胡适邀请钱学森担任北京大学校长，但被他拒绝了。

拒绝继续当院长。1956年，国防部第五研究院初建时，钱学森是院长。但后来却主动要求"降职"，成了副院长。

拒绝文过饰非。1964年，一位远在新疆生产建设兵团农学院的年轻人郝天护来信，指出他论文中的一处错误，并提出修改意见。"我很感谢您指出我的错误，"已经誉满全球的钱学森依然知错必改，立即回信说，"您应该把您的意见写成一篇几百字的短文，投《力学学报》刊登，帮助大家。"结果，郝天护写成论文《关于土动力学基本方程的一个问题》，由钱学森推荐发表在《力学学报》上。这段渊源也结下了郝天护与钱先生一生的情义。在钱学森的鼓励下，郝天护后来也成了科学家，曾任中国纺织大学、东华大学教授。

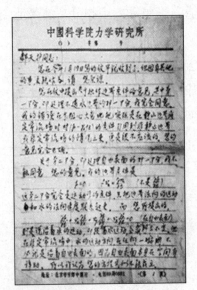
钱学森给郝天护回信的影印件

拒绝继续在政协任职。钱学森是全国政协第六、第七、第八届的副主席。1992年，他致信当时的政协主席李先念，请求辞去政协的一切职务。

拒绝继续当"学部委员"（现在叫"院士"）。1992年，钱学森致信当时的中国科学院院长周光召，请求免去他"学部委员"称号。

拒绝过分的金钱和地位。"我姓钱，但是我不爱钱，"钱学森说，"我是一名科技人员，不是什么大官，那些官的待遇，我一样也不想要。"

为什么"不爱钱"呢？钱学森在一次得奖后对蒋英有下面的"戏说"："奖"状归我，因为您姓"蒋"；"钱"（指奖金）归你，因为我姓"钱"。

此外，钱学森退休后，给自己定下许多"原则"，谁说情都不能破例：不题词，不为别人的书写序，不参加任何成果鉴定会，不出席任何应景活动，不出国，不到外地开会，不上名人录……

不过，对名利"淡如水"的钱学森，也有着急的时候。"当他看到腐败现象时，就心急如焚，"涂元季说。

因为两次 "NO"
——钱伟长出国受挫

"出国留学""出国工作",多么诱人的字眼——特别是在风雨如磐、老百姓生活异常艰难的 1945 年开始的中国内战时期。

钱伟长：多伦多大学毕业

然而,有这样一位科学家,宁可不出国留学或搞研究来挣钱养家糊口,也要维护即便是千疮百孔的祖国的尊严,绝不背叛养育他的这位"母亲"。

他不是别人,就是世界著名的"中国近代力学之父"、中国近代应用数学奠基人之一的教育家、社会活动家钱伟长(1912—2010)。

1939 年 7 月,清华大学毕业的钱伟长在昆明的西南联合大学执教时(和另外 6 人)考取中英庚款基金公费留英的学生,当时由于英德宣战,改去加拿大。但在上海登上英国轮船,发现护照上竟有日本领事馆的签字——1939 年 9 月乘船抵达香港时因正值日寇发动侵华战争,船要经过日本的神户(一说横滨)港,没有日本领事馆的签字会有麻烦。"No,我们不去了!"钱伟长等留学生一起,把 22 本护照扔给了那个英国人,返回昆明。这是钱伟长的第一次"No"——留学泡汤。

不过,对善于耐心等待时机的人来说,"No"之后还会有"Yes"。

半年以后,"Yes"来了——他们重办护照再登程。1940 年 8

月，钱伟长终于从上海乘俄国"皇后"号邮轮，9月到达加拿大多伦多大学学习，师从出生在爱尔兰的数学家、物理学家约翰·李格顿·辛吉（1897—1995）等教授，研究板壳理论。1942年，钱伟长获得多伦多大学应用数学系博士学位。旋即，他应"世界导弹之父"冯·卡门（1881—1963）之邀，去了美国加州理工学院，在1942—1946年当上了该校喷气推进研究所的总工程师，成了领导600多人的"洋官"。

钱伟长并不满足，还在当"洋官"期间，师从冯·卡门，进行博士后科学研究：火箭弹道、火箭空气动力学设计、气象火箭、人造卫星轨道、气阻损失、火箭飞行的稳定性、变扭率的扭转、超音速对称锥流等。随后，钱伟长发表了世界上第一篇关于奇异摄动的理论，被国际上公认为该领域的奠基人。此外，他还发表了论文《弹性板壳的内禀理论》，被收入冯·卡门的60岁祝寿文集内。

1946年5月，钱伟长回国，应聘为清华大学机械系教授，兼北京大学、燕京大学教授。

1948年，与钱伟长同为冯·卡门弟子的钱学森回国探亲时转告他，加州理工学院喷射推进研究所邀请他回去复职，并且可以举家迁美定居。这对当时生活异常艰难的他来说，暂去美国从事研究是最佳选择，可是当他填写申请表时，发现一栏写有"如果中国和美国开战，你会为美国效力吗？"对一般人来说，也许可以轻松地违心作答，而对钱伟长来说，是绕不过去的坎，他毅然决然地填上了"No"——第二个"No"，拒绝"为美国效力"而放弃赴美。

钱伟长还有一个"绰号"——"万能科学家"。例如，中苏珍宝岛战争时，因坦克用4个铅蓄电池，走

辛吉　　　　　　冯·卡门

走停停，对此"外行"的他，发誓要搞出"高能电池"。结果，联合了几个教普通化学的教师一起研制，最终成功。"国家的需要，就是我的第一选择。"这是钱伟长的名言。

钱伟长

古往今来，伟人们的爱国情怀总是惊人的相似——拒绝"轻薄桃花逐水流"。林则徐（1785—1850）虎门销烟，有人说他不会做官，因为其他的官都极力回避跟国外列强的冲突，但他却"往枪口上撞"。对此，林则徐说："苟利国家生死以，岂因祸福避趋之。"钱伟长生于书香门第，以文史见长，当年考入清华大学时可谓"奇货可居"，立即遭到历史系和中文系的"哄抢"。当人们都期盼他在国学领域做出一番成就时，他却转入他一窍不通的物理系，让人一头雾水。原来，时值"九一八事变"，钱伟长深深感受到搞国学最多只能在学术上有所建树，只有掌握先进的科学技术，才能赶超西方列强，有力地还击侵略者。于是，有了后来的《钱伟长：弃文从理皆因"九一八"》一文。

钱伟长夫妇铜像

在上海滨海古园，矗立着钱伟长夫妇的铜像，下面的石碑上写着："书生本色，赤子情怀"。这是人们对"相濡以沫61年的伉俪"——两位校长（钱伟长曾任清华大学、上海工业大学校长，孔祥瑛曾任"清华附中"校长）的纪念……

两次"发火"为哪般

——王大珩与署名

1982 年，中国物理学家、"两弹元勋"王大珩（1915—2011）喜欢的学生赵文兴要去德国参加一个学术会议。临行前，赵文兴把准备在这个会议上发表的一篇文章拿给导师看。王大珩看到，赵文兴的名字署在他

王大珩

的名字之后。当然，论文的观点是王大珩在英国时就想到的，但始终没有机会去做，就把这个题目交给了赵文兴。赵文兴成功地做出了这个实验，并撰写了这篇论文。王大珩认为论文署名理应赵文兴在前，自己在后，于是，他就毫不犹豫地把署名的顺序颠倒过来。

赵文兴回去以后，越想越觉得自己的名字在前不妥——自己只是做实验证实了导师的观点。于是，他再次将署名顺序颠倒过来。这样，在完稿时王大珩又看到自己的名字署到了前面。王大珩想，署名的问题看起来很小，但实际上很大。导师在署名的问题上应当十分严肃，不能认为自己是导师、是领导，就不管自己做没做实际工作就要署名，而且还要署到前面。应当说，这种署名是丢人格的，是"不值钱"的，是会对自己的学生和学界产生不良影响的。做导师的、当领导的，应当用自己光明磊落的行动向学生证明一个道理：比做学问更重要的是做人。

于是，王大珩又把署名的顺序再次更改过来，并严肃地对赵文兴"发火"说，学术文章的署名不应该有长幼尊卑之分，应当具有实事求是的科学态度。这项研究从实验到论文都是你完成的，你的名字理所当然地署在前面，请你不要再改动了。

王大珩在署名问题上"发火"不止这一次——赵文兴在写另一篇论文的时候也有过。

这篇论文也是基于王大珩的观点，也是由赵文兴做实验写出的。因为论文中存在着一些有可能引起争议的问题，在发表时赵文兴十分谨慎。他与副导师经过反复商量之后，从不给王大珩增添麻烦的角度考虑，决定不在文章上署王大珩的名字，只用赵文兴自己的名字发表。王大珩不了解其间的隐情，就在看到这篇论文之后再次"发火"——认为赵文兴在署名问题上仍然缺乏严肃认真的科学态度，就立刻把赵文兴叫来责问。当时，赵文兴看到王大珩"发火"，就紧张起来，结果一肚子委屈地走了。后来，还是赵文兴的副导师把情况向王大珩解释清楚了。了解到实际情况后，王大珩给赵文兴写了一封道歉信——导师有错更应该主动承认错误，这不是面子问题，这是做人的问题。

王大珩是中国光学科学的创始人，中国科学院和中国工程院的"两院院士""863 计划"的提出人之一。他在署名问题上如此"斤斤计较"并"火冒三丈"，可见一位老科学家为了学生的健康成长和学术界的"净土"，多么煞费苦心！

1986 年 3 月，王大珩与王淦昌（1907—1998）、陈芳允（1916—2000）、杨嘉墀（1919—2006）共四名院士联名向中共中央提出发展我国高科技的倡议（后称"863 计划"）而闻名全球。他不仅是一位专业领先的科学家，而且是一位人品高尚的"圣贤"。从科研论文的署名上，即可窥见其光明正大的人格。

"谁搞的原子弹？"

——"问你女婿邓稼先"

1985 年 7 月底，一辆高级小轿车向北京 301 医院飞驰……

护士们犯难了，究竟安排高级小轿车上的病人住普通病房呢，还是住高干病房——看这架势，病人好像是高级首长，但谁也不认识他。

张爱萍

不过，她们的难题很快就有了部分答案。紧接着赶来的国防部长张爱萍（1910—2003）上将，命令医院赶快拿出化验结果，而且决心守在病房外。他要像当年在战场上打敌人那样，为这位病人率神兵天将与病魔决战。护士们此时好像才悟出了点什么。

这病人是谁？又何劳张爱萍将军大驾？

近一年后的 1986 年 6 月，《解放军报》在头版头条发表了《两弹元勋邓稼先》一文，全国人民才知道，这位病人是与祖国命运有不可分割的联系的科学家——邓稼先（1924—1986）。

1941 年，邓稼先考入西南联大物理系，大学毕业后，到北大当了助教。1948 年，他考取了留美研究生，在美国普渡大学学习。新中国诞生后的 1950 年 8 月 29 日，他毅然冲破重重阻挠，登上"威尔逊总统"号轮船，踏上归国的路程，10 月回到了祖国。

1958 年春的一天，任中国近代物理研究所研究员的邓稼先，意外地得到一张京剧戏票。送票的同志悄声告诉他，钱三强所长要和他"聊聊"。邓稼先想不到这一"聊"，竟会决定他大半生的路程。另一种说法是，1958年8月的一天，邓稼先被叫到钱学森的办公室，钱对邓说，中国要造一个"大炮仗"……当晚，邓稼先就对夫人许鹿希说："以后这个家就全靠您了！"

历史的重担压在邓稼先显得稚嫩的肩膀上——他被选为研究中国第一枚原子弹的主攻手。此后，邓稼先的名字就从公开出版物上消失了，群众性场合再也见不到他的身影，许多亲朋好友都无法寻觅他的踪迹，甚至连与他结婚仅5年的妻子许鹿希，也不清楚邓稼先的具体去向——只知道他执行着一项异常重要的任务。

这对邓稼先来说是一个巨大的转变。他不仅要放弃自己原来的研究计划，而且不能在节假日带孩子逛公园、讲故事、做游戏……他失去了大多数科学家的物质生活享受。然而，他心甘情愿地接受了这个艰难、神圣而绝密的任务。他不为别的，只为祖国强盛，只为祖国母亲不再遭受外来强敌的蹂躏。

1964年10月16日15时——中国历史上辉煌的一刻。在新疆罗布泊西北地区的人们，听到天崩地裂般震撼世界的声音，看到一朵"大蘑菇"……

邓稼先的岳父、著名社会活动家、人大常委会副委员长许德珩（1890—1990），在听了关于第一颗原子弹的报告会之后，曾兴奋地问著名物理学家严济慈："咱们中国能自己造出原子弹来，不知道谁有这么大的本事？"知道内情的严济慈哈哈大笑之后，不动声色地回答说："去问你的女婿吧！"

邓稼先

1971年8月，当年西南联大的老同学、老朋友杨振宁来华探亲，还不知道谁是"中国的奥本海默"，几次想问邓稼先，又觉得不便开口。最后终于憋不住了，就在离京前的飞机舷梯边，他问邓稼先："我听说中国试验原子弹，有一个叫寒春的美国研究生在帮助搞，这消息是否属实？"当然，他的"听说"也非空穴来风：有谣言说，美国女核物理学家（中国名）寒春（1912—2010，原名琼·查丝·欣顿——Joan Chase Hinton）参加了研制，她在 20 世纪 40 年代也参加过美国原子弹的研制。这里提到的奥本海默（1904—1967），是美国的"原子弹之父"。

"蘑菇"：中国首枚原子弹爆炸

这一招还真灵，弄得邓稼先左右为难：如果回答"没有"，就等于承认自己参加了制造原子弹的研制；如果说不知道，又是在欺骗几十年的老朋友。邓稼先稍一思索，也来了一个"缓兵之计"："你先上飞机吧，我查一下，以后再告诉你。"

送走杨振宁后，邓稼先立即将这一问题向上级汇报，最后摆到周恩来总理面前。总理说："要让邓稼先如实告诉杨振宁，没有一个外国人参加。"邓稼先听罢指示，激动不已，立刻按照总理的指示，连夜给杨振宁写信，并交给专人十万火急送往上海。

在上海市给杨振宁饯行的宴会上，杨振宁接过信使送来的信当场拆阅。当他确知这颗原子弹是"中国制造"的时候，再也控制不住汹涌的激情，热泪滚滚而下——为能使自己自豪的民族，为能使自己骄傲的挚友。

邓稼先就是这样严守着国家机密，任劳任怨，不计个人名利得失的。

难怪杨振宁曾在回忆邓稼先的一本书中说："邓稼先的为人，我是认识的。"

1967 年 6 月 17 日，中国第一颗氢弹爆炸成功，邓稼先也是主要研制者之一。"两弹元勋"的称号，他受之有理，当之——无愧！

直到 1986 年 6 月，我们的人民才能认识这位伟大的科学家，祖国才能让全世界了解她这个忠诚的儿子。

核武器的研制过程，是先进国家都要保守的秘密。由于它的研制者必须在荒凉地带过着极为艰苦的生活，所以许多学者不愿为之"从一而终"。同时他们也怕保密条例剥夺他们太多的"知名度"，因而有一些人不断从这一领域"逃之夭夭"；而邓稼先和他的同事们却始终坚持研究近 30 年。这是何等可敬可钦的精神！这是多么高尚的品德！志存高远、辛勤耕耘、赤子情怀、忘我无私……正是邓稼先留给我们的宝贵财富！

极度的紧张和劳累，过早地损害了邓稼先的健康。1985 年，他被确诊为直肠癌。1986 年 5 月 15 日，他带着晚期癌症登上了人民大会堂领奖台，以原子弹、氢弹研制的主要研制者之一，领受国家科学技术进步特等奖。1986 年 7 月 29 日 13 点 50 分，这位伟大的核物理学家，中国人民忠诚的儿子，因癌症医治无效，与世长辞。

1999 年 9 月 18 日，北京召开了"两弹一星"元勋表彰会，对钱学森等 17 位科学家，以及已故的王淦昌、邓稼先等 6 位科学家进行了表彰，并授予"两弹一星勋章"。

"他的名字虽然鲜为人知……但他对祖国的贡献将永载史册！"对邓稼先，张爱萍曾经这样评价。

"你的名字应署在前面"
——唯有事业的蒋筑英

在 20 世纪 80 年代，中国中年知识分子的另一位楷模是光学专家蒋筑英。

蒋筑英

1939 年，蒋筑英出生在杭州一个旧职员家庭。1956 年，他考取了北京大学物理系。由于家庭经济困难，他是靠人民助学金完成学业的，"生育我者父母，教养我者人民"。他学习异常刻苦，准备将来报答祖国的栽培。1962 年，在他大学毕业的前夕，母亲一再来信，要他回生活条件较好的杭州或上海工作，以便照应家庭。他是长子，懂得母亲的艰难，深知母亲的苦楚，但他追求的是事业。他学的专业是光学专门化，中国最大的光学基地在东北，最著名的光学专家也在东北。岂能燕雀恋窝，要学鹏程高飞。他写信说服了母亲，来到长春，考取了"中国光学之父"、教育家王大珩（1915—2011）招收的研究生。

先后任中国科学院长春光学精密研究所所长和中国科学院长春分院院长的王大珩，根据科学的发展和国家建设的需要，为蒋筑英选定光学传递函数这一开创性的研究课题。在导师的指导下，蒋筑英开始攻关了。

大家经过 700 个日日夜夜的努力，在 1965 年建立了中国第一台光学传递函数测量装置。当日本学者村田和美参观了这个装置之后，不禁大为惊异："想不到中国这么快就搞出了这么高精度的装置。

你们应当把它报道出去，让全世界都知道中国人的才能！"此后，蒋筑英又发表了十篇学术论文报告，无论在光学检验方面，还是在颜色光学领域，他都取得了突出的成就。

王大珩

蒋筑英还是个什么都管的"不管部部长"。懂得五门外语的他，把多年积累的大量文献卡片送给研究所里的情报室，以方便大家查阅。中国科学院图书馆的光学资料不好找，他设计了个书目编排方案寄去。所内外、省内外许多同志工作上都得到过他的具体指导和帮助……

有的同志发表论文报告的时候，要署上他的名字，他坚决谢绝。根据蒋筑英提出的想法，研究所里的齐钰完成了一个研究课题之后，就和他合写了论文《摄影物镜的光谱透过率和彩色还原特性的校正》。齐钰背着蒋筑英，就要把蒋筑英的名字署在前面，交付打印。蒋筑英知道这事以后，也来了个"以其人之道还治其人之身"——也不让齐钰知道，赶在论文打印前到打字室，把论文上两人的署名调换了位置。论文打印出来了，齐钰过意不去，去找蒋筑英，说："老蒋，这项研究工作，原始思想是你提出的，许多工作也是你做的呀，你的名字应署在前面！"蒋筑英却回答说："实际工作是你做的，你的名字应署在前面。"

蒋筑英的门牙脱落了，他抽不出时间去安上。身体有病，也不抽时间上医院去看。他一天天消瘦，腹痛越来越剧烈。他的爱人催他去看病，他老是说"明天"。

1980年年底，所里分房子，分给他三间一套的，有厨房还有厕所。他面临着第七次搬家，这住房条件简直是一步登天了。这一夜，他的妻子高兴得合不上眼，他也失眠了。可是第二天，他却去找管房子的领导说："所里有些同志住得很挤，有的还三代同堂。我觉得住三间一套的不合适，我不能要。我要二间一套就行了。"领导解释说："这次分配的这栋房子，是上级为落实知识分子政策，拨专款修建的，专款专用，够条件的能分，不够条件的，打破头也分不上。分给你三间一套的，是照章办事。"

1979年，研究所里的学术委员会根据他的才能和贡献，决定把他从助理研究员晋升为副研究员。领导要他填写一份晋升职称的表格。他不填，说："所里许多老同志学术造诣比我深，贡献比我大，这样的机会应当先让给他们。我还年轻，还需要不断地探索、磨炼，在实际工作中不断提高。"最终，他放弃了这次提职的机会。

1982年6月13日下午，蒋筑英和所里另外两位同志飞抵成都——去验收一台设备。他连夜连晚地工作，终于腹痛难忍，口吐血水，满头是豆大的汗珠……经四川医学院附属医院检查，他患有肿瘤压迫导致胆管狭窄、化脓性胆管炎、败血症、感染性休克、急性肺水肿。由于劳累过度，病情急剧恶化，经抢救无效，在1982年6月14日17时3分去世——年仅43岁。

尊师爱生求真理

——罗蒙诺索夫和沃尔夫

1738 年，一件事在德国马尔堡大学内外引起了一场轩然大波。马尔堡大学的《德国科学》杂志上，刊登了一篇驳斥该校沃尔夫（1679—1754）教授的观点的文章，明确提出"不能同意沃尔夫教授关于热和光的液态性质的说法"。这篇文章的作者叫罗蒙诺索夫，然而，更使人吃惊的是，向杂志编辑部推荐这篇文章的，不是别人，正是罗蒙诺索夫的老师沃尔夫自己！

罗蒙诺索夫

这篇文章怎么来的？沃尔夫、罗蒙诺索夫何许人？为什么一篇文章会引起了轩然大波？为什么老师要支持学生公开撰文批评自己？

米哈伊尔·瓦西里耶维奇·罗蒙诺索夫（1711—1765），出生在俄国北方霍尔莫果尔海滨的米沙宁斯卡雅村，父亲是个渔民。他从童年起就勤奋好学。

为了探求大自然的奥秘，1730 年满 19 岁的罗蒙诺索夫就只身一人，带着从邻居那里借来的 3 个卢布，不远千里到莫斯科求学。

沙俄统治下的莫斯科，是不允许一个渔民的儿子进大学的。他只好冒充贵族子弟，考进了斯拉夫－希腊－拉丁学院。罗蒙诺索夫忍受着生活的贫困和同学们的讥笑，以惊人的毅力顽强地勤学苦研，仅用一年的时间就学完了三年的课程。1735 年，由于他成绩优异，被选拔到圣彼得堡科学院学习。通过选拔，他又在第二年 7 月获得以三年奖学金到 18 世纪中叶欧洲最重要的大学之一——德国黑森州马尔堡大学留学的深造机会。

在马尔堡大学指导罗蒙诺索夫学习的导师沃尔夫男爵，全名克里斯蒂安·冯·沃尔夫，他可不是"等闲之辈"。这只需举出三个事实就够了。第一，他不但是一位在物理学、化学、数学等自然科学领域都有很深造诣（例如，1726 年再次论述了孕妇听音乐的重要性）的著名博学家、物理化学家、数学家，而且是在哲学、法学等人文科学领域都有重大成果的著名启蒙哲学家、法学家。第二，他是在大名鼎鼎的莱布尼茨（1646—1716）到康德（1724—1804）这 100 多年之间，最杰出的德国哲学家。第三，他不但在马尔堡大学执教，还先后执教于著名的莱比锡大学和哈雷大学（还任哈雷大学校长）。

1736 年 9 月，罗蒙诺索夫第一个走进沃尔夫实验室。此时沃尔夫教授还没来，罗蒙诺索夫就和助教们闲聊。"我听过这位教授的课。"当大家谈起曾到彼得堡科学院讲学的马尔堡大学某教授的时候，罗蒙诺索夫说，"他的知识虽很丰富，但他对自然界的了解还差得很远。"

"据您看，他差在什么地方？"有位助教不服气地问。

"在数学方面。"罗蒙诺索夫毫不迟疑地回答，"数，是事物的尺度。我认为，不借助于数学，掌握物理学的规律是不可能的。"

"很对！可惜有这种想法的人不多。"这是沃尔夫教授的声音，他在门外听了一会儿，充分肯定了罗蒙诺索夫的真知灼见。

罗蒙诺索夫向老师鞠躬行礼，师生们交换了一些看法。沃尔夫发现罗蒙诺索夫的知识很丰富。当他得知这位渔民的儿子为求学曾历经坎坷时，对这位学生产生了好感。

紧张的学习开始了。罗蒙诺索夫不但重视掌握科学知识，而且更注重掌握沃尔夫老师的

沃尔夫

科研方法，但不是单纯地去模仿。沃尔夫老师善于用数学的方法去阐明复杂的问题，学生们对老师的这一点特别佩服。

沃尔夫教授把家里的藏书借给罗蒙索索夫看，还经常把他单独留下来辅导，生活上对他也很关心，甚至为他偿还买书时借的债务……

罗蒙诺索夫很敬重自己的老师沃尔夫，但是这位喜欢独立思考、勇于探索真理的青年，对老师的某些落后、错误的观点，却绝不盲从。"宇宙万物的产生和存在，全是由于人们的需要。"他对沃尔夫老师于1724年出版的《自然界的意图》一书中的这种唯心主义的观点，就不接受。沃尔夫一直坚持他的"燃素说"，把神秘的"燃素"说成燃烧过程的本质。罗蒙诺索夫就同沃尔夫老师争论过，认为"燃素"根本就不存在——可是当时自己还拿不出实验来证明这一点。

对于别人的谬误，罗蒙诺索夫可以毫无顾忌地评驳，但对于自己尊敬的沃尔夫老师的谬误，该怎么办呢？他双眉紧蹙，冥思苦想。突然，他想起了古希腊哲学家、科学家亚里士多德（公元前384—前322）的一句名言："我爱我师，我更爱真理。"对，应该这么办！对于老师讲授中的谬误部分，应当敢于纠正，这正是对老师的尊重和爱护。

于是有了故事开头的那篇文章。

在马尔堡大学，沃尔夫教授的每一句话都被当成是真理。于是，有的人指责罗蒙诺索夫无情无义，有的人大骂他是科学上的狂人，也有的人认为沃尔夫应该起来维护老师的尊严。

于是有了故事开头那场轩然大波。

普希金

沃尔夫与这些人的态度完全不同——他非常赞赏罗蒙诺索夫的独立思考能力和勇于创新的精神。他看了这位学生的论文之后，高兴地说："尽管我们的宇宙观有所不同，但我仍然十分赞赏你的大胆见解和独立思考精神，赞赏你的研究方向。"为了鼓励罗蒙诺索夫，他出于对真理的追求和公心，亲自推荐了这篇论文。

于是有了故事开头的老师要让学生公开批评自己。

这件事深深地震撼着罗蒙诺索夫。他看到了老师的谦逊和正直，为探索真理的大公无私的高贵品质，从此愈加敬重沃尔夫教授。师生俩的感情更加融洽了。

在沃尔夫教授严格而亲切的指导下，罗蒙诺索夫顺利地完成了马尔堡大学的学习任务，三年中学完了数学、物理学和化学等六门课程。他写的有关理论物理的论文，受到沃尔夫教授的高度赞扬。他的各科学习成绩都是"优秀"。沃尔夫教授在他的学习成绩单上写的评语是："罗蒙诺索夫是一个才能卓越的青年。他自从来到马尔堡学习之后，先后多次听过我的数学课和哲学课，主要是听物理课。他酷爱学习，力求掌握有充分根据的知识。我深信，如果他能长此勤奋求学，回国后将对祖国做出很大的贡献，这也是我所期望的。"

1739年，罗蒙诺索夫结束了马尔堡大学的学习，根据彼得堡的指示，准备前往弗赖贝格攻读采矿和冶金。出发前，罗蒙诺索夫依依不舍地向最敬爱的沃尔夫教授告别，他紧紧握住老师的手，两个人的眼里都闪耀着泪花。尽管他不同意老师的一些观点，但这无关紧要——只要对老师的美德深怀敬意、师生心心相印，秉承老师的治学理念、科研方法，这就够了。

罗蒙诺索夫没有辜负老师的培育与期望。他在1741年回国后，跟当时把持俄国科学院的官僚势力和外籍院士进行了斗争。在1748年建成了俄国第一个化学实验室，1755年又创办了莫斯科大学……他发现了物质不灭定律和运动守恒定律，科学地阐明了燃烧是物质的化合过程，为最终推翻了燃素说做出了重要贡献……他的科学活动几乎涉及了当时人类活动的一切领域，成为世界科学史上罕见的博学多才的科学家。

"罗蒙诺索夫是一个伟大的人。"俄国著名诗人普希金（1799—1837）在评价他的时候说，"他创建了俄国第一所大学，说得更确切些，他本人就是我们的一所大学。"

"我只荣幸地多走了几步"

——德维尔发明炼铝法之后

1855 年，法国巴黎。轰动世界的万国博览会在这里隆重召开。

在钢架的玻璃大厅里，各种展品琳琅满目。休息室里，人们一边品尝世界各地的名酒，一边议论博览会中使人惊叹的"黏土中的白银"——铝。铝，成了博览会中尊贵的"大明星"。

无独有偶——在 19 世纪中叶法国皇帝（1848—1870 在位）拿破仑三世（1908—1873）举行的一次宫廷宴会上，摆满了各种闪闪发光的金银及其他材料制成的金属餐具，但他本人却只拿了一只铝碗。他还曾专门下旨将军旗上的金星改为铝星。并非巧合——俄国沙皇为了表彰俄国化学家门捷列夫（1834—1907）发现元素周期律的功绩，授予他的最高科学奖奖杯也不是金杯，而是一只铝杯。

那么，当时的人为啥会"厚铝薄金"呢？这是由于当时铝比同质量的黄金还贵——在法国，铝价达到 2 000 法郎 / 千克。总之，昂贵、高贵的铝成了富有、光荣的代名词，所以拿破仑三世、俄国沙皇才用它来"摆阔"。

那为什么当时铝比黄金更昂贵呢？这得从制铝的方法谈起。

在 1825 年，丹麦物理学家奥斯特（1777—1851）就首先提炼出了铝。两年以后，德国化学家维勒（1800—1882）也提炼出了铝。由于奥斯特的实验结果，发表在丹麦的一本名气不大的杂志上，而且没有署名，所以人们就说维勒是铝的发现者。因为他们的铝都是在实验室制得的，所以数量很少。"物以稀为贵"嘛，当然也就身价百倍了。

1854年，法国化学家亨利·爱丁·圣·克莱尔·德维尔（1818—1881），在不知道维勒已经提炼出了铝的情况下，研究出一种可较大量制得铝的方法，即用钠与氯化铝反应的化学还原法。

德维尔制出了纯净的铝之后，有人好心地劝告他，让他声明自己是铝的真正发现人。因为在他之前，其他化学家制出的铝不但量很少，而且还很不纯净。

德维尔并没有听从别人的劝告。当他得到了足够的铝的时候，就铸了一个纪念章，上面只

纪念德维尔发明制铝新方法的邮票

刻了维勒的名字和1827年的字样，送给了维勒，并且满意地对劝告他的人说道："我很荣幸，能在维勒开辟的大道上多走了几步。"

后来，化学家们把冰晶石即六氟铝酸钠（Na_3AlF_6）作为电解氧化铝（Al_2O_3，一种炼铝的重要原料）的助熔剂，降低了氧化铝的熔点，大大地减少了铝的生产成本。这样，铝就彻底由"贵族"变为"平民"了。

"苯环"演出悲喜剧

——新发现面前见人品

开库勒

"蛇！蛇！"一个路人大叫——1855 年 3 月 11 日，伦敦。

一个埋头走路冥思苦想的学者，被这惊叫唤醒。一看，果然有一条盘成环状的蛇在他的前面，差点被他踩上。"谢谢！"告别这位路人之后，他回家了。

当天晚上，这位学者做了一个梦，梦中神话般地揭开一个谜。

这位学者是谁，他走路冥思苦想的是什么，梦中又揭开一个什么样的谜？

要回答这些问题，得从头说起。

1825 年，英国化学家法拉第（1791—1867）发现了一种新的有机化合物——苯（他称为"氢的重碳化合物"）。1842 年，法国化学家奥古斯特·劳伦（1807—1853）和查尔斯·弗里德里希·日拉尔（1816—1856）合作，确定了苯的分子式为 C_6H_6，相对分子量为 78。此时人们却遇到了认识苯的结构的难题，所以对苯分子的结构一无所知。

科学家们遇到了苯的结构的什么难题呢？苯的结构的难点在于，碳和氢的化合价分别是 4 价和 1 价，无论将 6 个碳原子和 6 个氢原子如何排列，都始终无法满足上述化合价。苯的结构之谜，成了 19

世纪中叶化学界要攻克的难题之一。例如，第一届世界化学家大会于 1860 年 9 月 3 日在德国卡尔斯鲁厄举行的时候，10 多个国家的 150 多位化学家"群策群力"，也没能解开这个难题。

马车上打盹梦见苯环状结构

这个难题也一直困扰着发起卡尔斯鲁厄大会的德国有机化学家弗里德里希·奥古斯都·开库勒（1829—1896）——后来又名弗里德里希·奥古斯都·开库勒·冯·斯特拉多尼茨。他朝思暮想，黑板、地板和笔记本上，到处都有他设想的各种可能的苯分子的结构图方案。

1853—1855 年，开库勒住在英国伦敦。一天，他在走路的时候，由于专心致志思考苯的分子结构问题，差点踩上一条蛇……

啊，知道了！故事开头那个学者就是开库勒，他冥思苦想和做梦揭开的谜就是苯的分子结构。

1865 年，开库勒揭开苯分子结构的论文《论芳香族化合物——苯》，在《法国科学院通报》上发表了。

开库勒破译了苯的分子结构，这在当时是一件很了不起的事，曾轰动了化学界。人们把他发现苯分子结构的（1865 年）3 月 11 日作为节日来庆祝。1890 年 3 月 11 日，是他发现苯分子结构 25 周年的纪念日，德国化学学会为他举办了庆祝会。他在庆祝会上讲演了他的"故梦重游"："我做了一个梦，梦见几个月来设想的苯的分子结构式变成一条条长蛇，在火焰里蹁跹起舞。忽然，一条蛇咬住了自己的尾巴形成了圆环。就是在这

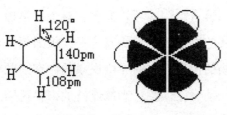

"开库勒式"：苯分子的环状结构

181

个梦的启发下，我想出了用一个六角形来表示苯分子 C_6H_6 的环状结构。"

纪念开库勒发现苯的环状结构的邮票

原来，苯的经典价键分子结构为环状，6 个碳原子之间每隔一个是双键。这一分子结构式称"开库勒式"（图中的 pm 是长度单位皮米）。

由此可见，偶然遇到的蛇和由此引发的梦，让开库勒得到了解开苯分子结构之谜的机遇。怪不得在开库勒上述讲话后的当天晚上，就有几个化学会的会员钻进自己的书房学着做梦，但"不幸"的是，他们要么是无法入睡，要么是睡了不做梦。有一个会员做了梦，但没有得到什么科学成果，却梦着输了牌。读者朋友，你知道这是为什么吗？

"科学的灵感绝不是坐等可以等来的。"中国著名数学家华罗庚（1910—1985）说，"如果说，科学上的发现有什么偶然性的话，那么，这种'偶然的机遇'只能给那些学有素养的人，给那些独立思考的人，给那些具有锲而不舍精神的人，而不会给懒汉。"这就是开库勒在梦中有所发现，而那几个化学会的会员一无所获的原因。

杜马

开库勒提出的苯的环状分子结构学说，在有机化学发展史上有过卓越的作用。在上述发现苯分子结构 25 周年的时候，德国化学学会就指出："苯作为一个封闭链式结构的巧妙概念，对于化学理论发展的影响，对于研究这一类极其相似化合物的衍生物中的异构现象的内在问题所给予动力，以及对于像煤焦油染料这样巨大规模的工业前导，都已为举世公认。"

可以看出，在煤焦油的工业利用、染料合成的大量实践基础上，由开库勒所总结出来的苯的环状分子结构学说，反过来又指导了煤焦油的进一步利用和染料、香料与炸药等这类有机物的合成。为了表彰开库勒的发现，还发行了纪念邮票。

开库勒在梦中发现苯的分子结构，有另外的说法。一说是，在马车上打盹的时候，梦见蛇。二说是，在沙发上睡着了的时候，梦见海龟身上的六角形花纹。三说是，他在梦中回忆起了他旁听的一次审判案中绞在一起的两条金尾蛇。他于1847年在德国吉森大学读书的时候，德国化学家李比希（1803—1873）参加了轰动一时赫尔利茨伯爵夫人白金蛇戒指失窃案——戒指上就镶着这两条绞在一起的金尾蛇。

那么，许多资料都明确无误记载的上述"蛇梦"，以及"1865年开库勒提出了苯的环状结构学说"符合史实吗？这些资料包括：《中国大百科全书·化学卷》的相关条目（把开库勒写作凯库勒），《化学发展简史》第184页。

不符合史实！

原来，最早提出苯的环状结构学说的另有其人——劳伦、约翰·约瑟夫·洛斯密德（1821—1895）和阿奇博尔德·斯科特·库珀（1831—1892）。

先说劳伦。

1807年11月14日，劳伦出生在法国兰格附近的圣马利斯，1826年进入巴黎矿冶学院学习，毕业后成为工程师。1830年，他到巴黎理工学院，当了法国著名化学家让–巴蒂斯特·杜马即让·巴蒂斯特·安德烈·杜马（1800—1884）的学生和实验室助理。1837年获得理学博士学位，同年提出有机化学的"核团学

劳伦　　　　　日拉尔

说"，次年担任波多大学化学教授。1848年，他在巴黎造币厂从事化验工作，同时还在法兰西学院、师范学院、矿冶学院等处的实验室工作。他先后制成或发现了蒽、蒽醌、邻苯二甲酸、石

柯普　　　　　　沃提兹

炭酸等重要有机物。他还与日拉尔合作，除了如前述确定了苯的分子式，还按照阿伏伽德罗的分子假说，初步分辨了原子量、当量和分子量等概念。

1854年（早于开库勒11年），劳伦出版了他的主要著作《化学方法》，提出了苯的六角环状结构理论——苯甲酰氯（苯的一种衍生物）具有环状结构。开库勒曾给德国一家出版商写信打算翻译此书，而且还在1858年关于碳链结构的论文中引用过该书论述环状结构的内容。开库勒编造"蛇梦"，就可以把自己得到苯环结构的时间推前，以此表明自己的"最早发现"。

还有两个事实可以证明开库勒编造了"蛇梦"。

第一个。开库勒提到过他的老师赫尔曼·弗朗茨·莫里茨·柯普（1817—1892）初次出版于1881年的著作《分子世界》，这个时间正好在他得到苯环结构与他发表前述1890年3月11日那次演讲之间。柯普在书中曾比喻苯分子在跳"集体舞"，开库勒由此受启发，

安舒兹　　　　　洛斯密德

"灵机一动"地杜撰出了他"一箭三雕"的"蛇梦"：取悦于同行，否定他人的优先权，发泄民族主义的情绪（劳伦是法国人，开库勒是德国人）。这就是开库勒的"道德"。

第二个。1992 年，美国伊利诺大学化学教授约翰·沃提兹（1919—2001）出版了《开库勒之谜：对化学家和心理学家的挑战》（*The Kekule Riddle: A Challenge for Chemists and Psychologists*）。这本书对开库勒在苯环结构建立过程中所扮演的角色提出了质疑。沃提兹发现，早在 1854 年，法国化学家劳伦就在《化学方法》一书中把苯分子结构画成六角形环状结构。沃提兹还在开库勒的档案中找到他在这一年 7 月 4 日写给德国出版商的信，他在信中提出由他把这本书由法文翻译成德文。这就表明开库勒读过而且熟悉这本书，但是开库勒在他的论文中，却没有提到劳伦对苯环结构的研究，只提到劳伦的其他工作。既然已经熟读了劳伦的著作，开库勒就没有必要再受什么梦境的启发了。

1853 年 4 月 15 日，45 岁多的劳伦在巴黎逝世。他英年早逝的原因，是在证实自己的观点时，尖锐地同一些著名化学家论战，结果受到排挤，得不到较好的工作和实验室。他曾经愤怒地说："我是一个骗子，我是一个强盗的老搭档……这一切咒骂只不过是因为把一个氯原子放在一个氢原子的位置上。"

再说洛斯密德。

1821 年 3 月 15 日，洛斯密德出生在奥地利帝国卡尔斯巴德（Karlsbad）镇——现在属于捷克共和国，叫卡罗维发利（Karlovy Vary）的农民之家。后来成为有机化学家的洛斯密德，是一位极其厌恶农民生活的神童，而他父母认为他除了研究学习，毫无用处。他先后在布拉格大学和维也纳大学学习数学、物理、化学和哲学，毕业后辗转东奥地利、斯泰尼亚、波西米亚和摩拉维亚等地，开办过一家生产硝酸钾、草酸等的化学公司，但没得到经济利益。1854 年，身无分文的他回到维也纳，当过门房，随后在一所中学教物理和化学，成了一位名不见经传的中学教师。

1861 年（早于开库勒 4 年），洛斯密德私下（他天性害羞，从不爱抛头露面）出版了总共 54 页的装帧精美的八开本简译名为《化学研究》（*Chemische Studien*）的小册子，但没有引起人们的注意。这本书全名为《地理描述中的有机化学结构公式》（*Constitutions-Formeln der organischen Chemie in Geographischer Darstellung*）中的 47 页，详细描述了 368 个有机物的结构式——包括苯、茴香醚（即苯甲醚）、甲苯等总共 121 种芳香族化合物的环状结构（他把苯的结构画成圆形，而劳伦则是画成正六边形），其中绝大多数都是正确的，被称为"世纪经典"。1895 年 7 月 8 日辞世的洛斯密德，也从"名不见经传"，成了"天才"与"走在时代前面的科学家"。

此外，开库勒在波恩大学的接班人——他的学生和助手、德国化学家卡尔·约翰·菲利普·诺亚·理查德·安舒兹（1852—1937），找到了开库勒于 1862 年 1 月 4 日给他的学生伊里迈叶（1825—1909）的信。在信中，开库勒提到洛斯密德关于"分子结构"的描述，并说是"困惑的分子结构"。这说明开库勒显然读过洛斯密德的《化学研究》，并由此编出了梦中发现苯环结构的故事，才在 1865 年发表论文的。由此得出的结论是：洛斯密德是比开库勒更早发现苯环结构的人，而开库勒则沽名钓誉。

首先认识到洛斯密德的重要性的不是别人，正是安舒兹。在《化学研究》出版半个世纪之后的 1913 年，他将洛斯密德的成果整理后重新出版，在书中专门介绍了洛斯密德的简历，并做了许多评述和更正了一些分子结构。

洛斯密德死后 94 年的 1989 年，美国化学家威廉·约瑟夫·（比尔）·怀斯威瑟（1914—1989）首先发表了一篇论文《洛斯密德，一个被遗忘了的天才》，认为洛斯密德才是苯环状结构最早的发现者。1990 年 4 月，美国化学协会举办了一次苯环结构的讨论会。在会上，维也纳大学的德国化学家克里斯坦·R. 罗（Christian R. Noe）教授，和出生在奥地利的加拿大化学家阿尔弗雷德·罗伯特·巴德（1924— ）博士共同提交了一份论文，详细介绍了洛斯密德发现苯的环状结构等功绩。至此，洛斯密德是苯分子的环状结构的最早提出者已成定论，而前述《中国大百科全书·化学卷》《化学发展简史》中的相关错误也得到解释：这两本书都是在 1990 年之前出版的。

最后说库珀。

1831 年 3 月 31 日，库珀出生在苏格兰格拉斯哥附近一个富裕的纺织厂老板之家，是这位老板唯一活下来的儿子。

库珀曾不止一次渡过英吉利海峡，到德国和法国求学或工作。1856 年 8 月，库珀来到巴黎，师从法国化学家查尔斯 – 阿道夫·伍尔兹（1817—1884）——当时伍尔兹主持着德国之外为数不多的第一流化学实验室。在这个实验室的 8 个月中，库珀共写了三篇论文。其中一篇题为《关于一种新的化学理论》具有历史意义：明确地提出了关于碳原子之间连接的新理论，确认碳的化合价是 2 价或 4 价。在论文中，他还绘制出了三聚氰酸的环状分子——这比开库勒的苯的环状结构早了 7 年多。

1858 年初（早于开库勒 7 年），库珀请老师伍尔兹把《关于一种新的化学理论》呈交给法兰西科学院。由于伍尔兹不是法国科学院的院士，他也得找一个"学术担保人"。加之此事和他没有很大的利害关系，所以就没有非常努力地去办这件事。

就这样，直到 1858 年 6 月 14 日，库珀的这篇论文才由法国化学家杜马递交上去，不久后发表。在此前约 1 个月，开库勒有着类似观点的论文，已经于 1858 年 5 月 19 日在《里厄比格年鉴》（*Liebig's Annalen*）上发表了……

由于伍尔兹的疏忽和延误，库珀的论文错过了发表的最佳机会。让开库勒抢占了科学发现的优先权。

那么，其他人对此又有何反应呢？

1858 年，俄国化学家布

伍尔兹　　　　库珀

特列洛夫（1828—1886）曾在伍尔兹的实验室工作过两个月。此时，他反对库珀论文中分子的化学结构的观点，但是在1861年的"施佩耶尔会议"（Speyer Congress）上，他也承认——正是库珀让自己对分子的化学结构有了正确的认识。

不过，已经"占了便宜"的开库勒，却理直气壮地反对甚至抨击库珀——在他20多次重复库珀的溴代苯和水杨酸的合成工作失败以后。

因为伍尔兹的疏忽和延误，库珀失去了优先权已经懊恼不已。现在，"不可一世"的开库勒又来刺激他。这样，极度失望和愤怒的库珀就开始责备伍尔兹了。不料，伍尔兹毫无歉意，还反唇相讥。在一场没完没了的"口水战"之后，库珀被伍尔兹炒了"鱿鱼"。在1858年下半年，年仅27岁的库珀伤心失望地回到爱丁堡。从此，"心中的痛"，就长期折磨着他——抑郁寡欢，精神崩溃，聊度余生，直到1892年3月11日悄然辞世……

正是：漂洋过海求学，折戟沉沙回乡；到手成果被人抢，难怪心伤绝望。

不过，历史并不拒绝奇迹。

安舒兹于1885年研究水杨酸的时候，偶然看到了库珀在1858年发表的那篇论文，就严格按照库珀要求的程序去做。结果，安舒兹发现库珀的实验完全正确！

那么，开库勒当年怎么就没做成功呢？原来，他当时根本就没有严格按照库珀要求的程序去做！

安舒兹搞清了真相，就在开库勒于1896年去世之后，为开库勒写了一本详尽的传记。

在写作过程中，安舒兹不但看到了杜马递交给法国科学院的库珀论文原稿，而且还看到了对这篇论文更强调结构概念的译文——用英文发表在1858年的《爱丁堡自然科学》杂志上。看到这些材料之后，安舒兹立刻认识到库珀当年所做工作的重要意义，以及他遭

布朗

受的严重"虐待"。于是，他抛弃了"门户之见"——"背叛"老师开库勒，为库珀"平反"。在这本传记中，安舒兹公正地提醒人们，不要忘记库珀的工作。不过，此时库珀已经辞世 4 年多了。1913 年，安舒兹还把洛斯密德的成果整理后重新发表，在书中专门介绍了洛斯密德的简历，并做了许多评述。

当然，也有其他人在做"还历史真相"的工作。爱丁堡的苏格兰有机化学家亚历山大·克拉姆·布朗（1838—1922）教授，就是在苏格兰进行细致调查的一个。

终于，在 1931 年，一群著名的化学家来到库珀的故居前，为库珀迟到的纪念馆牌匾揭幕……

历史，就这样用"苯圆圈"演了一出出悲喜剧，拷问着开库勒、洛斯密德、库珀、伍尔兹、安舒兹……

不过，作为杜马、日拉尔的学生（在巴黎学习时）与英国化学家斯坦豪斯（1809—1890）的学生（在伦敦学习时），而且多才多艺（例如，能流利地讲法语、拉丁语、意大利语和英语这四门外语，擅长写作与建筑）的开库勒，依然是公认的当时欧洲最著名的化学家之一，分子中原子的现代共振概念的先驱、化学结构理论的主要奠基者。

当然，与开库勒同时代的其他有机化学家，也为化学结构理论的创立做出了重要的贡献。例如，德国阿道夫·威廉·赫尔曼·科尔贝（1818—1884）、英国亚历山大·威廉·威廉姆森（1824—1904）和英国爱德华·弗兰克兰（1825—1899）爵士。

后来，苯分子结构

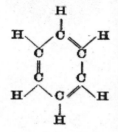
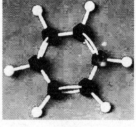

至今仍在使用的开库勒式和它的立体球棍模型

的研究，又有了新进展。

近代物理学证明，苯分子中的6
个碳原子和6个氢原子，都在一个平
面内，所有碳－碳键的长度（139.6
皮米）完全相等，所有的键角都是
120°。根据杂化轨道理论，苯分子

大 π 键

中的碳原子都是 SP^2 杂化的，每个碳原子都以3个 SP^2 杂化轨道，分
别与碳和氢形成3个 σ 键。每个碳余下来的不参加杂化的 P 轨道，
由于都垂直于苯分子形成平面而相互平行，因此所有 P 轨道之间都可
以相互重叠。同时，分子中的碳架是闭合的，这就形成了一个"闭环
的共轭体系"，这个体系的特点是 P 轨道的重叠程度完全相等，它比
烷烃中长为154皮米的碳－碳单键短，而比孤立的碳－碳双键长。
苯环并不是开库勒式表示的那样一种单双键间隔的结构，而是形成了
一个电子云密度平均化了的、没有单双键之分的大 π 键。

经过现代的核磁共振分析，证实了上述苯分子的结构。

由于那种单双键间隔的开库勒式写起来和理解起来都很简单，至
今仍在使用。

科尔贝

威廉姆森

弗兰克兰

"硝甘炸药"非我发明

——诺贝尔不掠人之美

1863年，瑞典化学家诺贝尔（1833—1896）以自己的名义取得了第一项硝化甘油（甘油三硝酸酯）炸药的发明专利，并在1867年进入市场。

于是，人们总是说，诺贝尔发明了硝化甘油炸药。"我不曾发明硝化甘油。"听到这种说法，他总是要予以更正，"但是硝化甘油没有引

索勃莱洛

爆方法就不能应用，这个引爆方法才是我发明的。此外，我还发明了大量制造硝化甘油的便利方法。"

诺贝尔不掠人之美，也没有虚伪地"谦虚"，而是"实话实说"。

原来，早在1847年，意大利化学家阿斯卡尼奥·索勃莱洛（1812—1888）就发明了烈性炸药硝化甘油（nitroglycerine）。这种炸药威力很大，但受冲击时极易发生爆炸，很不安全。就连诺贝尔经营的火药工厂也曾几次爆炸，其中1864年的爆炸使他的弟弟丧生。当时瑞典政府也因此下令禁止他在陆地上试验，他只好改在马拉仑湖的船上继续进行研制。索勃莱洛也因为这种炸药"不可预测"的威力，不但保密了一年多，而且一直反对使用。发明既在意外冲击时不易爆炸，也能安全引爆的炸药的任务，就摆在当时化学家的面前。诺贝尔起初就是完成了这一任务，其中用雷管——用雷汞即

Hg（ONC）$_2$ 制成的引爆方法，应用至今。

当时由于诺贝尔名声显赫，人们就把他于 1850 年到巴黎工作时结识的索勃莱洛给遗忘了，索勃莱洛也很沮丧。诺贝尔不仅把上述情况如实地告诉人们，而且还在索勃莱洛经济窘迫的时候，给了他支持。

诺贝尔

当然，诺贝尔并不是"谦谦君子"，凡是属于他的发明创造，他都当仁不让。前述 1863 年诺贝尔获得了瑞典政府颁发的专利权的时候，父亲老诺贝尔说，真正的发明者应是他本人。这曾引起一些人对诺贝尔的指责。诺贝尔实事求是，对父亲也不做无原则的让步。他写信给父亲，详细叙述了两人各自的试验方法有何不同，应用硝化甘油炸药的原理又有何不同。最终，诺贝尔不但肯定了自己的父亲和吉宁博士做过的工作，而且还消除了父亲的误会。

吉宁

这里提到的吉宁，是俄国彼得堡大学的有机化学家尼古拉·尼古拉耶维奇·吉宁（1812—1880）博士。这位教授，曾在圣彼得堡时当过诺贝尔的家庭教师，也在研究炸药。他很支持诺贝尔的研究——例如，曾送给诺贝尔一些硝化甘油炸药。

"炸药大王""亡羊补牢"

——诺贝尔增设和平奖

1896年12月10日凌晨2时，43岁的诺贝尔溘然长逝。他在1895年12月27日的4页遗嘱中，用920万美元的遗产作为基金，把它的利息平均分为5份，设了物理、化学、医学或生理学、文学、和平奖。这些奖在1901年首次颁发。奖品是奖金、金质奖章和获奖证书，这就是著名的诺贝尔奖。1969年，又开始颁发诺贝尔经济学奖。此外，从1991年颁发的一个奖项——诺贝尔地球奖，也冠以"诺贝尔"之名。

诺贝尔为什么要设一项和平奖呢？这是一个谜，谜底多年来众说纷纭。美国牧师、畅销书作家詹姆斯·摩尔（James W. "Jim" Moore）在"生活的维度"（Dimensions for Living）出版社于1993年出版（首版1988年）的《抓住那一瞬间》（*Seizing the Moments*）中，披露了诺贝尔设立和平奖的秘闻。

原来，诺贝尔发明硝化甘油等炸药成名之后，发生了一件怪异的事。1888年4月12日，诺贝尔的哥哥鲁德维格·伊曼纽尔·诺贝尔（1831—1888）去世。但当时法国的一家报纸不知怎么搞的，却偶然弄混，发表了题为《商人已经死亡》（*Le marchand de la mort est mort*）的讣告，错发成了诺贝尔死亡的讣告，而不是他的哥哥的讣告。媒体还评论说，诺贝尔是一个军

摩尔

火商，曾发明一种战争用的东西，这种东西导致大量人员的死亡和财产的破坏，给人类带来了深重的灾难，他也因此大发"战争横财"。

鲁德维格·伊曼纽尔·诺贝尔

诺贝尔读到这一错发的讣告和评论的时候，心里难受极了，充满了深深的犯罪感，坐卧不安，心潮难平。他反省了自己发明炸药的动机，是用于开发矿山和炸通隧道等，是造福于人类的，并不是想用于战争，残害生灵，破坏和平；但事与愿违，科学家的发明却被战争贩子用于摧残人类和平。

这血淋淋的现实使他心如刀绞，痛苦万分。于是他怀着一种深深的悔罪感，在遗嘱中阐明设立一个以促进世界和平为宗旨的奖，以对战争和暴力带来的恶果进行补偿，这就是众所周知的诺贝尔和平奖。

当然，诺贝尔为什么设立和平奖，还有另外一种说法。

苏特纳

奥地利女作家贝尔莎·菲利斯塔斯·弗雷弗朗·苏菲·冯·苏特纳（1843—1914）即贝尔莎·冯·苏特纳男爵夫人，是1876年应诺贝尔征秘书的广告来到诺贝尔身边的。后来，在1892年，诺贝尔在给她的一封信中说："我想把我的一部分财产作为奖金，奖给为促进世界和平尽力的人们。"这就是后来作为遗言写下来的设立诺贝尔和平奖的初衷，而苏特纳则成为第一个女诺贝尔和平奖得主（1905年，因为"全身心投入和平运动"）。

他多次从昏迷中醒来

——莫瓦桑这样"驯"氟

1812年，法国物理学家安培（1775—1836）就预言了氟的存在。氟在非金属中化学性质最活泼，因而总是和其他元素"打成一片"，披上那时隐时现、时有时无的神秘面纱，不让化学家们窥见它的"尊容贵貌"。

莫瓦桑

此外，氟对人和其他生物有很大的毒害，被称为"死亡元素"。例如，被氟或氟化氢熏过的树木，很快就会枯萎死亡，而且永不复生。氟和氟化氢能穿过人的皮肤渗入骨骼，与骨质中的钙反应生成氟化钙，使人的骨头遭受腐蚀，痛不欲生，因此人们常把氟同骷髅联系在一起，令人毛骨悚然，这就使一些人对它望而却步。

许多化学家为了揭开氟的"庐山真面目"，仍将个人生死置之度外。英国著名化学家戴维就因研究氟而受毒害，一连病了几个月。爱尔兰的乔治和托马斯兄弟，在研究氟的实验中，发生了爆炸，毒气四溢，托马斯几乎丧命，乔治则卧病3年。比利时的鲁耶特和尼克雷继续乔治兄弟的研究，试图单独制得氟，结果两人都"壮志未酬身先死"。

法国无机化学家莫瓦桑（1852—1907），出生在巴黎一个贫民的家庭，当过药店学徒。他从1884年起，开始对氟化合物进行研究。剧毒的气体曾四次使他在实验室中毒倒下，但他屡战屡败，屡败屡战——每次都不等痊愈就继续实验。就这样，在无数化学家奋斗了70多年以后的 1886 年 6 月 26 日，莫瓦桑终于揭开了氟元素的神秘面纱——有史以来第一次分离出单质氟。至此，自然界中最桀骜不驯的元素被征服了。他也因此和对氟化物的一系列研究，以及在 1892 年发明高温电炉，独享 1906 年诺贝尔化学奖。

因为长期接触氟和氟化氢等毒物，莫瓦桑的身体健康受到很大损害。他的牙齿落得一个不剩，头发也全部掉光，骨疼使他彻夜难眠。他说："氟至少夺去了我 10 年的生命。"他丝毫不感到惋惜和悲观，反而自豪地说："我无法用语言来描述我曾经体验过的如此强烈的愉快，抓住每一个难得的机会，在处女地上耕耘——最大的快乐不在于占有什么、享受什么，而在于追求什么和开辟什么……"

1906 年诺贝尔奖得主纪念邮票（左起）：化学，莫瓦桑；医学或生理学，意大利戈尔季（1843—1926）、西班牙拉蒙－卡哈尔（1852—1934）

是的，莫瓦桑是这样说的，也是这样做的——连同他的儿子。1907 年，在他年仅 55 岁辞世之后，他的独子路易·莫瓦桑就将父母的遗产 20 万法郎，全部捐给了巴黎大学作为奖学金，一种叫莫瓦桑化学奖——以此纪念他的父亲，另一种叫鲁甘药学奖——以此纪念他的母亲。

亲儿子只送石印

——吴蕴初赞助他人出国之后

1920 年，上海的一天。一个叫吴蕴初（1891—1953）的年轻人下班回家，又一次远远就望见自家弄堂口那块"美女牌味之素"的广告。这个"美女"手持"仙瓶"，一串白色的"仙粉"从瓶中飘然下落，撒坠在美味的菜肴之上……

吴蕴初

这不是吴蕴初特有的"享受"——"大上海"随处可见这东洋的"进口货"。

是的，在 1910 年以后的上海和中国其他的一些地方，市场上出售一种来自日本的白色粉末。把它放一丁点在食品中，食品的味道就变得十分鲜美。于是，有关的神话就不胫而走——它是由一种蟒蛇的骨头磨成的粉末制成的，而这种蟒蛇必须要"采天地之灵气，集日月之精华"100 年！

当然，我们现代人对此则不屑一顾——谁不知道它是"味精"呢！

是的，它的确是味精，只不过当时叫"味之素"（味の素）或"味素"而已。你知道味精这个词的来历吗？

味精的第一个发现者是德国化学家立豪森（又译里德豪生或彼得豪森），他是 1866 年在蛋白质水解过程中分离出谷氨酸钠，发现了味精。

使味精走进千家万户的是日本人池田菊苗（1864—1936）。1908年，这位东京帝国大学化学教授偶然完成了味精的再发现之后，分析出它的主要成分是谷氨酸钠。他从海带中提炼出这种物质后，将其取名为味之素。接着，他又发明了用小麦和大豆制取味精的方法，并于1910年与日本铃木商社合作，成立味之素公司进行大量生产。中国市场上的"美女牌味之素"，就是从他那里舶来的——味の素一词是他的合作者铃木三郎助在1909年取的。

味素的"美味"效果是好，但有一个致命的"缺点"——价格十分昂贵，因此，在当时的中国，大多是富贵人家的"奢侈品"。

1906年的黄浦江外白渡桥边，时常蹲坐着一个出生在江苏嘉定（今属上海）的衣衫单薄的少年。他发现有人力车辆或者驴马车通过时，都会跑去帮人拉推，以得几文钱回谢。这位少年就是还在上海兵工学堂化学专业读书的吴蕴初，他同时还兼任兵工学堂附属小学的算术老师。如此刻苦努力，只为兑现自己当初对父亲的承诺："自立并补贴一些家用。"这样的生活，他坚持了六年。这种奋发向上、吃苦耐劳而又恪守信用的品格，他坚守了一生，而兵工学堂化学专业的学习，则为他一生的事业开启了最初的源泉……

那么，能不能让这个"王谢堂前燕""飞入寻常百姓家"呢？吴蕴初也在打这个主意。所幸的是，他的想法得到了妻子吴仪即吴戴仪（？—1953）的支持。可是，一无资料，二无技术，三无资金，四……这又谈何容易啊？

首先是要化验出味精的成分。于是，对日货充斥市场感到愤慨的吴蕴初，就在1920年花了4毛钱买了一瓶。回家化验出味精的成分之后，就是解决氨基酸水解的问题，提纯的问题……

托人从日本带回来的"技术资料"，不过是自我吹嘘的广告，毫无价值；到铃木商社在沈阳办的分厂去参观的要求，无异于与虎谋皮，被日方拒绝……

吴蕴初最终认识到，只有靠自力更生，于是他大干、实干、苦干、巧干起来。

吴蕴初在家中亭子间建立了简陋的实验室，妻子成了最忠实的好助手，而邻居则成了化学毒气和实验噪音的受害者——为此，他们还不止一次受到邻居的斥责。经过数十次失败的几个月之后，终于在1921年初步研制成功！

剩下的问题之一是，投资建厂并试验生产等需要的大量资金从何而来，于是他心生一计。

1921年春的一天，吴蕴初特地到"满庭芳聚丰园"饭店用餐。他在用餐时故意摇头皱眉，哀叹菜肴"味道太差"，并当着许多人的面，拿出他的"赛美女牌"粉末，放入"味道太差"的菜肴之中……此时，一个叫王东园（1874—1950）的张崇新酱园的推销员（后来任《四明日报》经理、天厨味精厂经理，也做了许多慈善工作）觉得"味道好极了"，就向张崇新酱园的老板张逸云（1871—1933）推荐。

前清举人、拥有十多家酱园的慈善家、上海调味品大亨张逸云，很赏识吴蕴初的民族自尊心和为国争气的精神。在张逸云出银圆5 000元的大力帮助下，两人合作试办工厂。1921年冬，中国第一家味精厂——小小的天厨味精厂，在上海唐家湾草草上马，商标为"佛手"。

取"味精"这个名字也很有讲究：糖之精叫"糖精"，香之精叫"香精"，味之精当然就应该叫"味精"了。"天厨"，指味精是"天上庖厨所用"。"佛手"，指味精是"天上神佛之手调制"。

在1922年初春熬过一个通宵之后的凌晨，吴蕴初得到了几十克白色的谷氨酸钠晶体。于是，他俩1923年8月

张逸云

正式注册登记合办公司，第一个月就产出味精 225 千克，当年的产量为 3 000 千克，开始打破日本"味之素"垄断，获得了北洋政府农商部发明奖。

1925 年 5 月 30 日，"五卅运动"爆发，吴蕴初不失时机地用"敬请国人，爱用国货""天厨味精，国货产品"为广告，在报纸上宣传自己的产品，要和日本洋"美女"一决胜负。1926 年，"天厨味精"在费城举办的纪念美国独立 150 周年的万国博览会上，荣获大奖并销到美国。1926—1927 年间，先后向美、英、法等国申请专利。此时，国人抵制日货，争相购买，这就基本上打破了东洋人对味素的垄断。

1928 年，"天厨"增资到 10 万元，吴蕴初所占股本也增加到 1 万元。菜市路弄堂房屋翻建为三层钢筋水泥大楼，他在上海实业界成为一颗"新星"……

1928 年，吴蕴初先后在沪、渝、港开办了八家"天原电化厂"——后来叫"天原化工厂"。"天原"，就是"天厨的原料"的意思。从此，中国所有的"三酸两碱"都来自这八家"天原系列"。这不但打破了东洋人的垄断，而且为制造味精提供了廉价而可靠的原料。

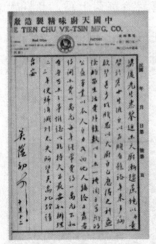

吴蕴初艰难办"天厨"时给友人的信

到 1936 年，"天厨味精"的产量已达 22 万千克，大量走向市场。

1937 年 7 月 7 日，日本公开侵略中国。之后，天厨味精厂及其配套的化工厂，就被日本人视为眼中钉、肉中刺——在日本飞机的轰炸中被"重点关照"。特别是 1937 年上海的"八一三"一战，使天厨各厂被迫停工，只好内迁。1940 年，在重庆创办天厨川厂、重庆天原化工厂。后来，由于宜宾电力丰富，又于 1943 年建成了宜宾天原化工厂。

吴蕴初从穷困的"乡蜗宁"（上海土话，指"乡下人"）发财变成大富翁之后，没有忘记爱国爱民。1931 年，吴蕴初出资 5 万元做基金，聘请化学界知名人士，成立了"清寒教育基金委员会"，资助浙江大

张逸云和吴蕴初捐助的飞机

学、上海交通大学、清华大学的清贫优秀学子。他还先后资助了许多贫困学子出国留学。这些学子学成归国后，都成了著名的化学家或化工专家，成为中国化学界、化工界的栋梁。为了支持抗日战争，出银圆 10 万元（他出资 1/10，张逸云出 9/10）捐献战斗机、教练机各一架，其中一架名"天厨"号。看来，吴蕴初确实在践行着自家"字辈诗"所表达的意愿——"蕴志兴华，家与国永"。

1945 年，吴蕴初志愿把平生投资各种实业的股票全部交出……

1953 年 10 月 15 日下午 5 时，"味精大王"吴蕴初与世长辞。临终前，他立下遗嘱，将他生前所设立的"蕴初基金会"的全部财产交给国家……

张逸云也是"凡乡里公益事业，如修桥铺路，兴办学校，修浚江塘，救贫济困，都慷慨解囊，尽力而为……"

吴蕴初的大儿子吴长超，就没有这样幸运了。吴长超到美国留学的时候，吴蕴初却不肯为他提供经费，而是只送给他一方石印。石印上刻着：知其不可为而为之。

吴长超学成归国后，先在昆明化工厂担任助理工程师，1940 年到渝建厂；中华人民共和国成立后，曾任政协常委、民建中央副主席。吴蕴初和夫人吴仪一共生有二子一女。

如果说吴蕴初只资助别人而不肯为儿子提供经费是美德的话，那

么不送钱而送"知其不可为而为之"的箴言给儿子，就是智慧了——他知道"钢铁是怎样炼成的"，他知道"坐吃山空""富不过三代"……

"知其不可为而为之"的箴言，是吴蕴初奋斗的写

美林达·弗伦奇·盖茨和比尔·盖茨

照，也是他留给儿子的、比金钱更贵重的无价之宝！

吴蕴初的这种作为并非绝无仅有。据中央电视台新闻频道2003年10月25日下午"社会记录"栏目的"离开富翁的日子"报道，在20世纪末世界首富比尔·盖茨（1955— ）访问津巴布韦时曾表示，他死后要把近500亿（截至2007年4月为560亿）美元的财产捐赠给社会，只给3个孩子各留下九牛一毛的0.1亿美元。这虽然不是吴蕴初上述作为的克隆版，但却是一个美国现代近似版。到2007年3月，比尔·盖茨和他的夫人梅林达·弗伦奇·盖茨（1964— ）已经捐出300亿美元给慈善事业。在2008年6月27日，比尔·盖茨则彻底"裸捐"——580亿美元的财产给了慈善机构"比尔及梅林达基金会"。

事实上，许多大富翁都是这么做的。例如，当初不做"首富"（但在2008年以620亿美元成为"全球首富"）要做"首善"的美国大富豪、伯克希尔·哈撒韦公司总裁沃伦·巴菲特（1930— ）和妻子苏珊·汤普森·巴菲特（1932—2004），已捐出435亿美元——当时力压比尔·盖茨。也许，他们都和美国钢铁大王安德鲁·卡内基（1835—1919）有相同的观点——如果一个人"把大笔财富带进坟墓，是一种耻辱"。

俄国作家列夫·托尔斯泰（1828—1910）也主张用多余的财富为别人造福："财富与粪便相同，积蓄时发出恶臭，散布后使土地

肥沃。"

在 2008 年美国女作家玛莎·西莫夫（1957— ）等出版的简译名为《快乐人生 7 步骤》（*Happy for No Reason: 7 Steps to Being Happy from the Inside Out*——《快乐没有理由：从内到外快乐的 7 个步骤》）一书中说："一旦个人收入超过每年 1.2 万美元，此后增加的任何数字的收入并不能给人增添快乐。"她把过多的财富等同于人体的赘肉。

已故美国石油大亨默尔的传记里写着："富裕和肥胖没有什么两样，都只不过是获得超过自己需要的东西罢了。"美国最胖（腰围 6.2 英尺，体重 385 磅）的好莱坞影星利奥·罗斯顿于 1936 年在英国临终前的喃喃自语，则被镌刻在汤普森医院的大楼墙上："你的身躯很庞大，但生命仅仅需要的是一颗心脏……"有趣的是，默尔也曾在 1983 年因心脏衰竭住进过这家医院！或许他和罗斯顿"同病相怜"而有相同的感悟：他出院以后，没有重返商场，而是卖掉了公司，住进了 10 年前在苏格兰乡下买的别墅去颐养天年……

正是："当懂得人生时，人生已经过去了一半"……

在美德、金钱和智慧面前，人人都应该像吴蕴初那样做出正确的决定！

《快乐人生 7 步骤》

华莱士和达尔文

——进化论面前相映生辉

　　2009 年，一本书惊现在英格兰南部牛津一家农户的客用洗手间内的书架上。随即在当年 11 月 24 日，伦敦佳士得（Christies，旧译克里斯蒂）拍卖行就以 103 250 英镑拍卖了这本书。是谁出版的什么书，能拍卖出这样的天价？

　　它是英国生物学家查尔斯·罗伯特·达尔文（1809—1882，以下简称达尔文）在伦敦首次出版的《物种起源》。这本在当时"引起学术界强烈反响"，接着导致"广泛而热烈的争论"并持续至今的书，印刷了大约 1 250 册，还不至于是孤本类的极品，拍出天价还另有原因。

　　原来，首版《物种起源》出版于 1859 年 11 月 24 日，到 2009 年 11 月 24 日拍卖，正好 150 周年纪念日当天，再加上 2009 年又是达尔文 200 周年诞辰。于是，佳士得拍卖行原先估价的 6 万英镑，被提高到 1.7 倍。

　　当然，这并非佳士得拍卖首版《物种起源》的最高纪录。佳士得拍卖首版《物种起源》的最高纪录是 269 000 英镑，时间是

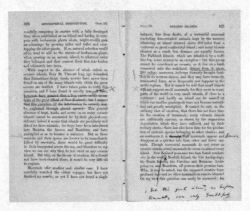

有达尔文批注、修正的《物种起源》第三版

赖尔

2016 年 7 月。

不过，并非首版书就一定能拍出最高价。2017 年 12 月，一本标有达尔文亲笔注释、修正（上述两次拍卖的首版没有这类注释、修正）的《物种起源》第三版，拍出了远高于 30 万英镑的天价。第三版拍出高于首版价格的原因是，达尔文把它寄给了该书德文版的译者。之后，这些修正都被纳入到了英文版与所有后来的版本中。这就意味着，从 1859—1872 年间在《物种起源》共出的六个版本中，第四版到第六版成了这部影响深远的科学巨著的权威文本。

那么，《物种起源》是如何诞生的，又牵涉哪些故事呢？

在 1858 年 7 月 1 日夜的英国林耐学会上，两篇内容几乎完全一样的论文，同时在这里宣读。

这就怪了——学者们不是在浪费时间吗？

历经 1831 年 12 月 27 日至 1836 年 10 月 2 日的环球旅行之后，英国生物学家达尔文又进行了 20 年的研究，终于产生了优胜劣汰的进化论思想。

1856 年，达尔文在他的朋友、地质学家赖尔（1797—1875）爵士的敦促下，开始加紧写作《物种起源》。达尔文是一个十分严谨的人，还想收集更多的材料和证据，以写出一部卷帙浩繁、证据确凿的进化论巨著，因此，动作比较缓慢。

赖尔的敦促不无道理——当时，进化思想已经广为流传，如果达尔文不抓紧，很可能被别人抢得先机。

果不其然，正当达尔文慢慢吞吞地写完第十章即约全书一半的时候，在 1858 年 3 月 9 日，突然收到一封从马来半岛（一说东印度群岛）写来的信和一篇论文。这是一位名叫阿尔

《物种起源》首版

弗雷德·拉塞尔·华莱士（1823—1913）的英国青年生物学家写来的，论文的题目是"论变种无限地离开其原始模式的倾向"。华莱士和达尔文的经历惊人地相似——受过英国政治经济学家马尔萨斯（1766—1834）《人口论》的影响，也在世界各地——包括南美和东南亚考察过。他在信中征求达尔文对他的论文的看法，并说如果有价值的话，就请达尔文转交给赖尔发表。

达尔文

达尔文读罢华莱士的论文之后，如同五雷轰顶。原来，该文极为清晰地表达了达尔文一直思考着的生物进化的思想，甚至连遣词造句都与达尔文的提纲相同，简直就是一个"克隆版"！达尔文惊叹说："即使华莱士手中有过我在1842年（6月）写出的那个草稿，他也不会写出一个比这更好的摘要来！甚至他用的术语现在都成了我那些章段的标题。"研究达20年之久的成果，现在被一位年轻人抢先写成了论文。这怎么办呢？

品德高尚的达尔文并没有妒忌或压制华莱士的论文，相反却按华莱士的要求立即写信给赖尔，希望能发表华莱士的论文，宁愿压下自己的研究成果，建议发表华莱士的论文，准备让出优先权。

后来，赖尔和达尔文最亲密的朋友——英国植物学家、探险家约瑟夫·道尔顿·胡克（1817—1911）爵士，出了一个好主意，把他俩的论文一起宣读。这两全其美的办法，既尊重了达尔文，又尊重了华莱士。于是有了前面所说的一幕。

华莱士也和达尔文一样高尚和谦虚——也没有去争创立进化论的优先权。华莱士还谦虚地说，自己与达尔文长达20年的研究相比，只等于研究了1周，进化

约瑟夫·道尔顿·胡克

论完全是达尔文创立的。达尔文则回答说："你过分谦虚。如果你有我这么多时间，会比我做得更好。"华莱士还亲自提议把进化论称为"达尔文主义"。他甚至谦虚地公开宣布说："由于偶然的幸运，我才得以在应该单独归功于达尔文的一项发现中荣膺了一席。"

在朋友们的帮助和催促下，达尔文不顾劳累，夜以继日地伏案写作……

就这样，在 1859 年 11 月 24 日，达尔文划时代的光辉著作《物种起源》终于问世。

就这样，在生物进化论的历史上，镌刻着比《物种起源》更为光辉的两个人的名字：华莱士、达尔文。

不过，故事还没有完：华莱士的名声被达尔文"淹没"，以致一提到进化论就想到达尔文而无人知道华莱士；有人说达尔文剽窃了华莱士的成果。

对于华莱士的名声被达尔文"淹没"的问题，是由多方面的原因造成的——历史上这种事情并非绝无仅有。例如，发现弱作用下"宇称不守恒"的科学家主要是杨振宁、李政道和吴健雄，但在常人只知道前面二人。

2008 年 5 月 15 日，英国作家、威尔士 BBC 的前执行策划主管罗伊·戴维斯（Roy Davies），在伦敦的黄金广场图书有限出版公司（Golden Square Books Ltd）出了一本名为《达尔文阴谋：一起科学犯罪的起源》（*The darwin conspiracy origins of a scientific crime*）。他在书中认为，达尔文从华莱士的信件中整合出了进化论观念，写进自己的书里，声称这些观念是他自己的发现，坚称达尔文剽窃了华莱士的理论。出版社网站将这本书描绘成"一个关于谎言与欺骗的真实故事，适者生存理论的精彩隐喻"。书的出版商（黄金

华莱士

广场图书出版有限公司）的专家保罗·汉侬，甚至开始呼吁澳大利亚的达尔文市进行更名，以免和剽窃联系在一起。达尔文市市长断然拒绝了这个呼吁："我们绝对没有任何更改这座城市名字的计划。"

这种"剽窃"的说法并不成立。理由有三个。第一，达尔文的研究早于华莱士，在收到华莱士的信之前就长达 20 年之久。第二，华莱士的观点过于简略，也不太准确，并不全是《物种起源》中的那个样子。第三，如果达尔文存心要剽窃，那么在收到华莱士的信和论文之后，就不会立即按其要求转给赖尔，宁愿压下自己的研究成果，准备让出优先权，建议发表华莱士的论文，让华莱士独享殊荣。

至于达尔文从华莱士的观点中得到启发，并采用了他的某些观点，这倒完全有可能——两者的观点并不完全相同。他们的主要不同观点是：达尔文强调的是对个体的选择，而华莱士强调的是对群体的选择；达尔文的学说更符合现代生物学对自然选择的理解，华莱士不相信达尔文后来提出的性选择理论；华莱士不相信人类能够经过自然选择进化而来，而认为人类的进化必然有超自然的力量的参与。

当然，说达尔文"剽窃"的并非绝无仅有。人类学家洛伦·艾利斯就曾说，达尔文"剽窃"了英国动物学家爱德华·布莱思的研究成果。布莱思在达尔文的《物种起源》问世之前的 1835 年和 1837 年，就发表了两篇论述自然选择和进化的文章。而《物种起源》中的某些措辞、选例和布莱思论文中的雷同；而且有几处引用过布莱思的话，却没有提到布莱思的论文——尽管达尔文读过它。

此外，和达尔文大致同时代的、死后才成也在他于 1879 年出版的

戴维斯，《达尔文阴谋：一起科学犯罪的起源》

《新老进化论》（*Evolution, Old and New*）一书中说，达尔文故意忽略了以下三位进化论先驱的观点：他的祖父——医生、自然哲学家伊拉斯马斯·达尔文（1731—1802）；早于他的两位法国博物学家、生物学家布丰（1707—1788，也是数学家）和拉马克（1744—1829）的观点，而达尔文借鉴了他们的许多观点。其实，这些指责基本上不成立，因为提出进化论的某些观点（甚至是许多观点），并不等于提出进化论的系统理论。

巴特勒

伊拉斯马斯·达尔文　　布丰　　　　拉马克

"我不要待遇，我要狗"
——巴甫洛夫在祖国困难之际

巴甫洛夫

话说三国时代曹操（155—220）带兵出征长途跋涉，又逢酷暑，将士饥渴难耐，好像脚上吊着铅块，一个个像泄了气的皮球。

"前面有一片梅子林，有酸梅子解渴。"大智过人的曹操见势不妙，眉头一皱，连忙心生一计，用马鞭往前方一指说，"大家火速前进，到那里歇凉，吃梅子。"将士们听曹操这么一说，不觉口生唾液，饥渴得以缓解，脚下的步子也轻快起来。这就是《三国演义》中"望梅止渴"的故事。

其实，每个人都有过望梅止渴这类体会。人一见到好吃的食物，就会分泌唾液，这就是我们熟悉的"条件反射"现象。条件反射理论的奠基者，是我们熟悉的俄国伟大的生理学家巴甫洛夫（1849—1936）。

我们不熟悉的是，巴甫洛夫是俄国第一个荣获诺贝尔奖的科学家——1904年，他因这一类研究独享当年的诺贝尔医学或生理学奖。

巴甫洛夫生于俄国中部的梁赞镇一个穷传教士之家。这个梁赞很出名，不少书都提到过它，因此也有不少译名——例如洛桑或里亚山。他于1870年进圣彼得堡大学读书，26岁毕业于圣彼得堡大学，后又转读内外科医学院。1879年毕业后，在俄国著名医师包特金

（1832—1889）的医院的生理实验室工作。

　　1919年，苏联十月革命之后的经济相当困难，特别是粮食非常匮乏。实验室也经常停水、停电，做试验的动物也因缺少饲料而不断死去，但巴甫洛夫理解国家的暂时困难，仍然一如既往地以顽强的毅力继续进行研究工作。供试验用的狗没有东西吃，他就用自己种菜、自己多吃菜，把口粮省下来给狗吃的办法解决。对此，当时苏联的"一把手"列宁（1870—1924），曾委托苏联著名作家高尔基（1868—1936）去拜访他，尽可能帮助他的研究工作。

　　1921年1月24日，列宁亲自签署了人民委员会的一项决议——十月革命以来第一次仅仅是涉及一个单独的人的命令，指出巴甫洛夫在科学上有伟大贡献，责成地方政府帮助他，以保证他科研工作的顺利进行。在谈到提高他的生活待遇时，他却认真地回答："我不要待遇，我要狗。"

　　好个"不要待遇要狗"——这和居里夫人的丈夫的"不要勋位要实验室"，不是"单卵双胎"么？一句朴实的短话，就把这两位不同国度的科学家的内心世界刻画得淋漓尽致！

　　1923年，巴甫洛夫在苏联党和国家领导人的关怀下，出版了著作《20年来对动物进行高级神经活动的客观研究的实验》。它是巴甫洛夫几十年辛勤研究心血的结晶，也是以列宁为首的革命政权对一位人民科学家的爱护和支持的结果。

　　巴甫洛夫常说："在世界上我只能活一次，所以应当爱惜光阴，必须过真实的生活，过有价值的生活。"正是在这种观念的指导之下，他取得了许多重大成就，得到全世界的承认，成为28个国家（包括中国）

巴甫洛夫和他实验用的狗

生理学会的会员、11 个国家的名誉教授。

巴甫洛夫还给我们留下多如牛毛的宝贵箴言——

"观察，观察，再观察。"（他一生的座右铭）

"不学会观察，你就永远当不了科学家。"

"循序渐进，循序渐进，再循序渐进。"

"如果要想登上科学的高峰，就应当从头做起。"

"要养成严谨和忍耐的习惯。"

"要学会做科学上的打杂工作。"

"事实是科学的空气……如果没有事实，你们的理论就是白费力气。"

"应当常常有勇气对自己说：'我是无知的。'"

这些，仅仅是他的宝贵箴言中的凤毛麟角。

传道授业只望"青于蓝"
——谈家桢和他的师生

你知道美国科学院评选出来的前三位中国的院士是谁吗? 自从 1982 年"冠军"华罗庚首先当选以来, 现代中国考古学的奠基者之一、考古学家夏鼐 (1910—1985) 和谈家桢 (1909—2008), 就是"亚军"及"季军"。

夏鼐

20 世纪 40 年代的一天, 中国遗传学家谈家桢突然收到一封大洋彼岸美国来的一封信。打开一看, 原来是他的老师、美国生物学家托马斯·亨特·摩尔根 (1866—1945) 给他的祝贺信: "我终于又一次看到了一个年轻的中国人超过了我, 也超过了你。值得骄傲的是, 你亲自培养了超过你的学生。"

这是怎么回事呢?

1909 年 9 月 15 日, 谈家桢出生在浙江宁波。作为燕京大学李汝琪教授的研究生, 他的论文《亚洲瓢虫鞘翅色斑遗传》, 寄到了美国。摩尔根看到后非常欣赏, 就立即邀请他到美国加州理工学院的摩尔根实验室学习深造。1934 年, 谈家桢正式成为摩尔根的入室弟子。

在 1937 年回国之前, 谈家桢已经在美、英、德的学报上发表了 10 多篇重要论文。他 1946 年发表在美国《遗传学》杂志上的两篇论文, 丰富和发展了摩尔根学说和现代综合进化理论, 在国际科学界产生了很大的影响。从 20 世纪 40 年代起, 谈家桢就从事教学工作, 培养了大批专家人才。1961 年, 上海复旦大学成立遗传学研究所, 谈家桢担任所长, 后来又担任复旦大学副校长。

1980 年，谈家桢就培养人才方面介绍了一些经验："我并没有什么独特的经验。我只是从我的老师——著名科学家摩尔根培养人才的实践中得到启示：培养学生的目标，是要让他们超过自己。"说着，又谈了他的一段往事。

摩尔根

当他留美三年即将学成归国的前夕，摩尔根教授深情而谦逊地拍着他的肩膀说，我看到了有一个年轻的中国人超过了我，我还希望有更多的青年人超过我，也超过你。

谈家桢并没有辜负老师的期望。在他的第一批学生中，有一个学生开始跟他研究果蝇，以后又对微生物发生兴趣，准备改变研究计划，但又害怕引起老师不愉快。当他把意图向老师谈了以后，老师却高兴地对他说："对于微生物遗传，我尚未研究过，你去闯吧，闯出一条新路来……"还当场赠送给他两本有关参考书籍。随后，谈家桢又亲自审阅了这个学生的论文初稿，提出了修改意见，并向有关杂志推荐。论文发表以后，受到了遗传学专家们的重视和好评。

这时，谈家桢收到了前面那封摩尔根给他的信……

乐于培养出超过自己的学生，体现了老师的人格；能够培养出超过自己的学生，体现了老师的水平。这是人生的一大幸事，也是社会的一大幸事。

缪勒和谈家桢都是摩尔根的学生，但摩尔根却没有"一碗水端平"——亏待缪勒，却善待谈家桢。从摩尔根这两种互相矛盾的表现可以看出，科学家甚至任何伟人，都不是完美无缺的——有时也要"犯浑"。我们既不要把他们"神化"而觉得高不可攀，也不能要求他们完美无缺而肆意褒贬。同时，还可以看出，在处理诸如师生关系等人际关系上，有时是"相见时难别亦难"的——用更"流行"的歌词来描述是："相爱简单，相处太难。"

谈家桢

不救敌人救同胞
——希波克拉底拒绝贿赂

"我对着医神阿波罗、阿斯克莱皮亚斯……宣誓：敬爱我的业师如同亲生父母一样，同他们共享我的所有，救济他们的穷困，照料他们的后代如同我的兄弟，如果他们要向我学习医术，我不索取报酬，不讲条件……不论进任何人家，我皆维护病人的利益，戒绝随心所欲的行为和贿赂……如果我一旦践踏和背离这一誓言，我的命运必将沉沦！"

希波克拉底与他的《誓言》

是谁这么信誓旦旦，掷地有声？

是希波克拉底（约元前460—前377）——西方医学奠基人、古希腊著名医学家的《誓言》。

希波克拉底出生在古希腊科斯岛，早年曾跟随父亲学医，练就了一身高超的医术。那时，医业被当作卑贱的职业，行医常常遭到歧视和奚落，医师与鞋匠或陶工没有多大区别。

然而，希波克拉底为了解救人民的苦难，坚持巡回行医，沿街为病人治病，拒绝担任收入丰厚的宫廷医生。当时雅典城内发生鼠疫，希波克拉底焦急得日夜不眠，最后终于想出办法，抑制住了传染病的蔓延。为了改善医疗条件，他建议在城镇中成立常设诊疗所，给病人提供舒适的条件。他要求医师对所有的患者不分贫富，一视同仁。

一天，一名波斯人来找希波克拉底，答应给他许多金币，要求他前往波斯。但他热爱祖国和人民，坚决拒绝敌人的贿赂，就不屑一顾地回绝了"希腊的敌人"。

在那些迷信泛滥的年代，希波克拉底坚持朴素的唯物主义观点。他认为医师是科学家，并非神灵；疾病不是鬼怪作祟，而是一种自然过程；医师所应医治的不仅是病，而且是病人。他主张在治疗上必须注意病人的个性特征、环境因素和生活方式对患病的影响。这些进步的观点，对现代医学也具有积极的意义。

希波克拉底科学行医，要求和训练医师注意观察疾病，认真分类记录。他努力使内科医学脱离迷信桎梏，在外科医学中也提出一些理性的方法。他重视卫生饮食疗法，又不忽视药物治疗。他大力倡导运动，曾说："运动使人强壮，不活动则形成衰耗。"

希波克拉底说，"一切为了病家的利益""医师应该是个受尊敬的人"。他在世界医学史上的卓越贡献之一，就是他给当时及后代医生以高尚的医德情操的鼓舞。他在《誓言》和《医律》等著作中，阐明了发人深省的医德思想。

希波克拉底对人民有一颗高度热忱和仁慈的心，因此深受人民敬爱，雅典特别授予他这个外邦人以雅典荣誉公民的称号。他逝世以后，人们在雅典为他建立了纪念碑。

她的生日是节日
——"提灯小姐"南丁格尔

1856年8月的一天，英国莱幽别墅突然来了一个神秘的"夜行侠"——身着黑色长裙，自称是这一家的"千金"……

面对这突如其来的小姐，老管家华生太太一下子怔住了！不过，经过一阵仔细打量之后，管家还是认出来这不是"冒牌货"，而是……

弗罗伦丝·南丁格尔

"唯有相思似春色。"于是，华生太太扑了过去，双方相拥而泣……

"男要俏，一身皂；女要俏，一身孝。"可为什么这个小姐却要身着皂衣，悄然返家呢？这得从头说起。

1845年12月的一天，在英国汉普郡一座豪华的住宅——恩珀蕾花园里，发生了一场激烈的争吵。威廉·爱德华·南丁格尔（1794—1874）做梦也没有想到，自己煞费苦心培养出来的小女儿、容貌出众的名门闺秀、才智过人的弗罗伦丝·南丁格尔（1820—1910，以下简称南丁格尔），竟然要想去从事最"下贱"的职业！

多愁善感的威廉·爱德华·南丁格尔受不了这样沉重的精神打击，默默地独自一人到伦敦去了。

威廉·爱德华·南丁格尔的妻子是芬妮·史密斯·南丁格尔（1789—1880）——一个巴望小女儿南丁格尔嫁个地位显赫的丈夫，

以维护自己高贵门庭的上流贵族夫人。她更是气得发疯，禁不住大发雷霆，把南丁格尔狠狠地骂了一顿。之后，她也"无语怨东风"——带着也同样狂怒的大女儿——作家、记者弗罗伦丝·帕尔森普·弗尼（1819—1890），离家到莱幽别墅去了。

南丁格尔从小长得娇艳聪明，是父母的掌上明珠。那么，她惹得父母、姐姐大为震怒的"下贱"职业是什么呢？回答是难以置信的——护士！

护士，现在的我们都用"白衣天使"来赞誉——圣洁、美丽，无微不至地拯救病人……

然而，护士这一职业在当时的欧洲是最下贱的，以致可以作为对女犯人的一种惩罚——例如，护理病人可以代替坐牢。南丁格尔就是死不悔改地认一个理——当一个"下贱"的护士。名门望族的"千金"要去当"下贱"的护士，这显然给高贵的家族"丢尽了脸"！于是，父母、姐姐怒不可遏就不难理解了。

只剩下南丁格尔孤零零的一个人。受到沮丧、痛苦、焦虑煎熬的她，只好写信向好朋友希拉莉倾诉自己的不幸，但依然初心不改："如果我不能实现自己的理想，那么我生活在这空虚的环境中还有什么意义呢？"

1848 年 3 月，南丁格尔拒绝了她的恋人——当时政界与文学界的名人、诗人、继承了约克郡大笔产业的理查德·蒙克顿·米伦斯（1809—1885）男爵的求婚，因为她"决不允许自己同他一起沉湎在社交活动、家务琐事中虚度一生"。就这样，南丁格尔最持久的追求者——和她约会了 9 年的米伦斯黯然神伤地离去……

米伦斯

当然，身材苗条，举止优雅、庄重，说话非常迷人，脸上经常带着灿烂的微笑的南丁格尔，还吸引着其他追求者，包括她的亲密朋友、知己、坚定的支持者——政治家西德尼·赫伯

218

赫伯特

特（1810—1861）男爵。还有本杰明·乔维特（1817—1893）——牛津大学的神学家、翻译家、有影响力的导师。

就这样，南丁格尔仍是一辈子孤身一人。

对这些"门当户对"的"帅小伙"的拒婚，使威廉·爱德华·南丁格尔一家觉得"无脸见人"。南丁格尔则冲破阻挠，不顾家人反对，努力阅读和翻译护理书籍，出国参观医院的护理工作，到巴黎一家医院学习护理，1850 年则到了德国恺撒斯韦特去接受护理训练。最终，在 1851 年 7 月的一天，双方彻底决裂。结果之一是，南丁格尔抵挡不住激烈的场面，当场昏倒在地，第二天就"离家出走"……

1853 年 7 月，克里木（今译克里米亚）战争爆发了，南丁格尔的目的地就是海峡对面的克里木战场。主战场位于黑海之北的克里木半岛（当时属于俄国），那里进行着克里木战争，也称"东方战争"，是英、法、土耳其和撒丁四国同俄国争夺中近东的战争，到 1856 年 3 月结束。

英国战地医院是一座只应容纳 1 000 人的破旧军营，挤在一起的 4 000 多名伤病员由于得不到及时治疗和有效护理，曾大批死亡。

1854 年 10 月 21 日，南丁格尔出发，11 月 4 日到达前线。12 月 21 日，被内阁任命为"驻土耳其英军总医院护理监督"的南丁格尔，亲率 38 名应召护士和 10 名天主教修女乘船驶离伦敦，赶到前线，立志对战地医院进行改革。她亲自为伤病员清洗伤口，缝合创面，拆洗衣被，消灭虱鼠，安排伙食，洗刷地板。她自己还拿出 3 万英镑的巨款，为医院购买药物和添置设备，很快就改变了战地医院的面貌。在她的倡议下，医院建立了护士巡视制度。她白天工作 8 小时以后，夜晚还要提着风灯巡视病房，每天工作的时间超过 20 小

乔维特

时，一夜巡视的路程在 6 千米以上。士兵们亲切地称她为"提灯小姐"或"提灯女神"——当她的身影掠过伤病员床前的时候，他们都以能亲吻她的影子为最大的荣幸与快慰。

4 个月以后，伤病员的死亡率由 42% 下降到 2%。她所进行的改革，很快在各地医院传播开来。她的名字也很快传遍了英伦三岛和整个欧洲。

1856 年 4 月 29 日，战争结束。南丁格尔化名史密斯，身着皂衣，于 7 月 28 日在君士坦丁堡悄然登船返英；为的是逃避英国政府给她专派的一艘主力舰，加上鲜花、凯旋门、乐队、仪仗队、欢迎词……于是就有了故事开头的一幕。英国政府这样做的目的，则是为了显示在这场争夺殖民地战争中的唯一亮点——南丁格尔。

虽然战争的劳累伤害了南丁格尔的身体，但她仍继续忘我地工作。她根据战争中护理的经验，建立了一系列严格系统的护理制度和规范。她不仅使护理工作的技术操作和管理科学化，而且把这一长期受人歧视的工作，变成了需要有高尚情操，懂得社会学、心理学和基本医学知识，并有献身精神的人才能掌握的一种艺术，让我们今天才有"白衣天使"的称呼。她又冲破宗教势力的重重阻拦，在伦敦创办了近代第一所护士学校，为建立近代护理学打下了基础。她的著作有数十种。她终生未婚，忘我地工作到 90 岁，被当之无愧地称为"护理学之母"。

南丁格尔与同伴们的誓言——希波克拉底《誓言》的修改版

1910 年 8 月 31 日，人群中少了一位护士，上帝身边多了一个天使……

人们把无数荣誉献给了南丁格尔，她高大的塑像也永远时刻陪伴着来者……

南丁格尔赢得了全世界人民的热

爱和敬仰。1907 年，为表彰她的杰出贡献，英国政府授予她"殊功勋章"。她是英国历史上获此殊荣的第一位妇女，而她的生日——（1820 年）5 月 12 日，则在 1963 年被国际护士协会定为"国际护士节"。

不过，我们在对于南丁格尔一辈子单身去救死扶伤的选择表示尊重和理解的同时，还有以下浅见。

第一，我们并不提倡一辈子单身，所以一辈子单身不应该成为多数人的选择；但依然尊重和理解当今的"单身一族"。

第二，事业、爱情和婚姻，以及"家"与"国"，是否一定总是对立，"有你无我"？大量实践表明，并非总是如此——有时的确不能"两全其美"，但有时又能实现"对立的统一"。关键在于具体环境与自己是否能做出机智、合理的抉择。

第三，什么才叫"不虚度一生"？这是一个牵涉世界观、人生观等的哲学、哲理等的复杂问题。"红尘做伴"去"对酒当歌唱出心中喜悦"，从而"活得潇潇洒洒"是一种模式。舍去舒适、安逸去"为人类，求解放"是又一种模式。两者兼顾得到"鱼与熊掌"，也许是更好的模式……

当然，不管做出何种选择，都应该在"风起的日子笑看落花，雪舞的时节举杯向月"……

南丁格尔塑像（左起）：伦敦滑铁卢广场（Waterloo Place）、英国德比（Derby）市伦敦路（London Road）

巴斯德为何被"软禁"

——只因"贪恋"狂犬病毒

巴斯德

在 19 世纪以前，狂犬病严重地威胁着人们的健康，当时的科学家们都束手无策。

1880 年的一天夜里，法国生物学家、化学家巴斯德（1822—1895）收到了一份可怕的"礼物"——两只被绑起来的疯狗。它们是因为犯下"咬人致死"的"重罪"，才被军队老兽医布埃尔"绳之以法"后送来给巴斯德研究的。大家希望他尽快找出一种对付狂犬病的有效方法。

由于为科学过分操劳，此时年近六旬的巴斯德已积劳成疾，头发斑白，半身不遂。可是，科学家的天然使命让他顾不了这一切，决心在有生之年找出治愈狂犬病的药物和方法。

可是，这又谈何容易啊！狂犬病毒很小，甚至连显微镜也难以看到它的影踪，当然就谈不上把它斩尽杀绝了。于是，长期艰苦的试验开始了。

巴斯德为取得狂犬疫苗，他和助手把一只疯狗绑在桌子上，而他则俯下身子，用嘴通过滴管一滴一滴地从狗的下颚吮吸唾液。为了攻克这一疾病，年迈的巴斯德表现得全无惧色。

巴斯德指导助手把疯狗嘴里的唾液取出来，再把它注射到别的动物身上去，结果那些动物都痛苦地死了。问题基本上搞清楚了——是疯狗的唾液在它咬人时把病毒带到人体内，再侵入大脑使人死亡的。

为了找到对付狂犬病毒的办法，巴斯德又把疯狗的脊髓抽出来，让它干燥。过了 10 多天，疯狗的脊髓失去了毒性，再把它接种在被狂犬咬过的狗身上……

　　说也"奇怪"，这些狗竟没有出现狂犬病症状！

　　接着，巴斯德又把患过霍乱的鸡的病原菌取出放置一段时间，其毒性也大大减弱。他取出患狂犬病而死的兔子的脊髓液，发现它自然干燥的时间越长，毒性就越小。于是他把患了狂犬病而死的兔子的脊椎，放了 14 天之后磨成浆制成疫苗，给其他兔子注射。第二天又注射干燥了 13 天的，第三天注射干燥了 12 天的……直到注射当天的新鲜死兔脊髓液。结果，兔子都奇迹般地活了下来。动物试验终于成功了！

　　巴斯德又想在人体上试验，但当他请求在一个被判处死刑的犯人身上试验的时候，却被法庭拒绝。他只好决定拿自己来试验。但家人和亲友却百般阻拦，甚至把他看管起来，不许"乱动乱跑"。对这一"软禁"，巴斯德一筹莫展，只好无奈地摇摇头。

　　幸运的机会终于来了。1885 年 7 月 6 日早晨，法国阿尔萨斯省的一个男人，抱着一个刚被疯狗咬伤的 9 岁小孩约瑟夫·梅斯特（1876—1940）闯了进来……

　　"救救他吧！"跟在后面的孩子的妈妈含着眼泪恳求着。

　　巴斯德当机立断把经过减毒的疯狗病毒注入孩子体内，一天注射一支。31 天之后，梅斯特得救了。这位梅斯特后来一直在巴斯德研究所看门，直到 1940 年德国占领巴黎，他才自杀身亡。

　　此后，人们争相把被疯狗咬伤的患者送到巴斯德那里治疗，大部分都被治愈。其中有 16 个被狂犬咬伤的

实验室里的巴斯德

俄国病人，也被他救治过来，为此轰动了全俄国。沙皇政府特别为此向巴斯德颁发了奖章。

狂犬疫苗的发明，使巴斯德又创立了一门新科学：免疫学。这是他对人类的又一贡献。

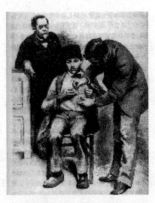
巴斯德为梅斯特治疗狂犬病

1888 年，法国人民为了感谢功大、德高的巴斯德，自愿捐款修建了巴斯德学院。在巴斯德学院落成典礼大会上，这位老人激动地说："科学固然是没有国界的，但科学家却有自己的祖国，他应该把自己的才能贡献给祖国。"

当父亲病危之际

——巴斯德治蚕瘟不顾"小家"

1865 年，法国的蚕区——南部的阿雷斯省的蚕得了一种怪病：身上长满小黑点，既不吃桑叶，也不做茧，就这样慢慢地死去。这种病很快蔓延到其他地区，法国的养蚕业濒临毁灭。

杜马

为了挽救法国的养蚕业，在法国化学家、法国科学院院士杜马（1800—1884）教授的建议下，法国农业部把研究蚕病的重任交给了巴斯德。

巴斯德从来就没有接触过蚕，但是，当他得知法国每年因蚕病要损失 1 亿法郎的时候，就立即责无旁贷地接受了这一艰巨而光荣的任务——受农业部委派，只身前往蚕病区。

阿雷斯省的大多数蚕农们却对巴斯德能不能解决问题持怀疑态度，有的抱怨说："防治蚕病的事，化学家懂吗？"于是，在社会上对巴斯德的质疑甚至攻击、咒骂沉渣泛起，但巴斯德的心中的答复是："忍耐些。"他要"骑驴看唱本——走着瞧"。

巴斯德"临危受命"，全力以赴，夜以继日——有时一天工作达18 个小时。

一天，巴斯德正在阁楼上做实验，突然接到一封信，传来了父亲病危、母亲已经作古、大女儿夭折的不幸消息。原来，他们患的是一种传染病——伤寒病。此时离"走马上任"不到 10 天。他为没有在母亲临死之前见上她一面而内疚，也为自己尊敬和爱戴的父亲忧心如焚!

是回家，还是留下？如果回家，就会贻误战机，前功尽弃；蚕农们的怀疑和社会上的攻击也不会消除。巴斯德终于下定决心，留了下来。最后，父亲和大女儿都被传染病夺去了生命。

巴斯德在做实验

开始，巴斯德有些过于自信，他将蚕解剖之后放在显微镜下观察，发现有一些棕色的蚕卵，就认为是蚕病的根源，并以此来区分蚕卵的好坏。结果没有解决问题，蚕病依旧。

一年过去了，这时巴斯德着急了。为了尽快治好蚕病，他在蚕区访问老农，风餐露宿，"发疯似的在各养蚕区里奔走"。次女和小女患伤寒和霍乱也不顾了——巴斯德没见到她们，她们就死了。自己曾中风瘫痪，也顾不上了。

千辛万苦三年整，惨痛代价四条命。最后，巴斯德终于"修成正果"。他把病蚕用水碾磨成汁，取其中的一滴放在显微镜下观察，终于发现了一些微小的椭圆形的颗粒。这种颗粒在雌蛾的身上、卵上也有。他一次次地重复观察，都得到相同的结果。他断定这些"小颗粒"——微生物就是引起蚕病的罪魁祸首，蚕患病后会一代一代地传下去。于是，他建议对所有产卵的蛾进行检查，发现有斑点的一律烧掉。就这样，蚕病被彻底攻克。

略为遗憾的是，法国人此时并不相信巴斯德的防治蚕病的方法，但在意大利和奥地利取得成功后，法国人也相信了。于是，法国养蚕业得以起死回生。

死于蚕瘟的蚕

芬妮的眼睛是谁治好的
——阿尔瓦大度弃前嫌

一个当初极端歧视你的富豪，后来他的女儿的眼睛快要瞎了，你还会去救治吗？

对这个难题，1911 年诺贝尔医学或生理学奖的唯一得主阿尔瓦·盖尔斯特兰德（1862—1930，以下简称阿尔瓦），交上了一份完美的答卷。阿尔瓦是揭开眼睛生理光学秘密的眼科专家——更是一位医德高尚的人。

盖尔斯特兰德

阿尔瓦是皮尔·阿尔弗雷德·盖尔斯特兰德（Pehr Alfred Gullstrand，以下简称皮尔）的长子。皮尔博士也是一位眼科医生，而且很有名气——瑞典的兰斯克鲁纳（Landskrona）市的首席医疗官。在他的家所在地——也是父子俩出生地的兰斯克鲁纳，最有钱的富豪是玛尔孟勋爵。兰斯克鲁纳海滨的面粉厂、化工厂和造船厂等等，都是玛尔孟的财产。钱多了，玛尔孟就干了点慈善事业，他在贫民区创建了一所医院。

贫民区原来有个小诊所——皮尔的眼科诊所。瑞典国内和北欧其他一些国家的患者，常慕名来找皮尔就医。皮尔的名气越大，玛尔孟就越不高兴——他的医院的名气就被压住了，更何况皮尔还恪守行医济世和不以医术致富的祖训，时常救济穷人呢！

当时，有人建议玛尔孟，请皮尔来主持他的医院的眼科，但玛尔孟拒绝了这一建议，理由是，皮尔不是"科班"出身，没有文凭。

这样，玛尔孟招聘了大批医务人员，单单没有聘皮尔。为此，皮尔还气了好长一段时间。后来，玛尔孟发了慈悲——让阿尔瓦到他的医院去当见习医生。

阿尔瓦是赌了一口气才到玛尔孟医院去的，他要干出样子来让玛尔孟看看，给父亲出出气！

果然，18岁的阿尔瓦就以优异的成绩考入医学院，5年后毕业回到父亲的小诊所。以后，他接替了父亲，同玛尔孟的大医院比着干起来。

阿尔瓦在28岁的时候获得了博士学位，他的博士论文轰动了瑞典首都斯德哥尔摩。30岁时，他被任命为斯德哥尔摩眼科诊疗所所长。

这一来，玛尔孟有些后悔了，埋怨自己当初把事情弄得太绝，坏了两家的关系。谁知偏偏在这个时候，玛尔孟家的四小姐芬妮又得了严重的眼病，且一天天恶化。不但玛尔孟的医院的医生束手无策，而且把北欧各国的著名医生请来也无济于事——玛尔孟绝望了。最后，还是青年人没有"死要面子活受罪"——芬妮提出来，要去请阿尔瓦。

阿尔瓦来了。他好像已经忘记了玛尔孟对他父子俩的歧视和冷遇——像对所有的病人一样，为芬妮认真做了手术。结果成功了！

重见光明的芬妮爱上了阿尔瓦，要将自己的终身托付给他——报答他不计前嫌的治病之恩，但是，阿尔瓦谢绝了。他既没有因前嫌对芬妮坐视不理，也没有因为治疗成功而接受她由感恩升华来的真挚爱情。

1885年，阿尔瓦娶了西格妮·克里斯蒂娜·布莱托尔茨（1862—1946）为妻。几年之后，他悄然离开了家乡，到乌普萨拉大学（Uppsala University）就任眼科教授（1894—1927在任）去了……

获得诺贝尔奖以后，阿尔瓦荣归故里，把昔日的诊所改建成眼科研究中心，继续为乡亲父老做他所能做的一切，被大家誉为"人类心灵之窗的卫士"。